난
그대를
만날 때보다

그대를
생각할 때가
더욱
행복합니다

난
그대를
만날 때보다

그대를
생각할 때가
더욱
행복합니다

김정한 지음

오렌지연필

언제부턴가 열고 싶은 문이 있어
살아가는 데 꼭 필요한 모든 명사(물질, 보통, 추상, 고유)의
작은 눈금까지 세어가며 여기까지 왔다.

눈을 맞추며 식량이 되던 행간을 넘나들며
주린 배를 시詩로 채우며 여기까지 왔다.

이른 새벽
장터에 팔리지 않는 시를
늘어놓았다가 거둬들이기를 반복하다 보니,
늘 삶의 무게로 등 언저리는 휘어가고
영혼마저 갈대처럼 휘청거렸다.

그럼에도 나는,

사막에 숨어 있는 오아시스를 찾아 홀로 사막을 걷는다.

낡은 스피커에서 흘러나오는 옛 시를 들으며

사막을 걸어가고 있다.

시를 사랑하며 아름다운 언어를 사랑하며

아름다운 마음을 사랑하는 그들과 같이 걸어가고 싶다.

잘 정제된 언어로 마음을 다스리며 잃어버린 '순수'를 찾아

함께 떠나자, 우리.

2017년
김정한

1 희망은 날개를 가지고 있다

2 사랑이 어떻게 너에게로 왔는가

3 취하라

4 삶이 너에게 해답을 가져다줄 것이다

5 이 또한 지나가리라

1

희망은 날개를 가지고 있다

자연이 들려주는 말

척 로퍼

나무가 하는 말을 들었습니다
우뚝 서서 세상에 몸을 내맡겨라
관용하고 굽힐 줄 알아라

하늘이 하는 말을 들었습니다
마음을 열어라, 경계와 담장을 허물어라
그리고 날아올라라

태양이 하는 말을 들었습니다
다른 이들을 돌보아라
너의 따뜻함을 다른 사람이 느끼도록 하라

냇물이 하는 말을 들었습니다
느긋하게 흐름을 따라라
쉬지 말고 움직여라, 머뭇거리거나 두려워하지 마라

작은 풀들이 하는 말을 들었습니다
겸손하라, 단순하라
작은 것들의 아름다움을 존중하라

희
망
은

날
개
를

가
지
고

있
다

에밀리 디킨슨

희망은 날개를 가지고 있다
희망은 우리의 영혼 속에 머무르면서
비록 가사 없는 노래일지라도
결코 멈추지 않는다
거센 바람 속에서 더욱 아름답게 들리리라
바람도 괴로워하리라
하늘을 나는 작은 새를 괴롭힌 일로 해서
폭풍 속을 나는 작은 새는
많은 사람의 마음을 따뜻하게 해주었는데

모든 것이 얼어붙는 추운 나라,
저 멀리 떨어진 바다에서 그 노래를 들었다
고통 속에 있었으나
한 번이라도
빵 조각을 구걸하는 일은 하지 않았다

　　　　　　　　　　　희망은 날개를 가지고 있다

미국이 낳은 천재시인 에밀리 디킨슨[1830-1886]은 평생 은둔의 삶을 살면서 사랑, 이별, 죽음, 천국 등을 시의 소재로 삼았죠.

그녀의 시 '희망은 날개를 가지고 있다'는 시작부터 강인함을 노래했어요.

'희망은 날개를 가지고 있고, 영혼 속에 머무르면서, 가사 없는 노래를 부르면서, 결코 멈추는 일이란 없다!'라고요.

누구나 자기만의 날개를 가지고 보이지 않는 희망을 찾아 날아오르죠.

브렛 버틀러는 희망을 이렇게 말했어요.

"이루어질 꿈도 이루어지지 않을 꿈만큼 불확실할 수 있다."

낙타는 험난한 길을 떠날 때도 두려워하지 않아요.

물 한 모금 마실 수 없는 사막을 지날 때도 낙타는 걸음을 멈추지 않아요.

낙타의 등에 물이 담긴 생명 주머니가 있기 때문이죠.

인생도 마찬가지예요.

누구의 삶이든 가본 적이 없는 가시밭길이에요.

희망이라는 생명의 주머니가 있기에 견디며 사는 거예요.

희망은 어둠 속에서 시작되죠.

일어나 옳은 일을 하려 할 때, 고집스런 희망이 느껴지죠.

곧 새벽은 올 거예요, 포기하지 않고 기다리며 일하다 보면.

희망은 절대 보이지 않아요. 가슴으로 느껴질 뿐이에요.

어떤 이는 희망을 보이는 것처럼 느끼죠.

또 어떤 이는, 희망은 보이지도 느껴지지도 않아 없다고 단정하죠.

똑같은 재료와 똑같은 레시피라도 만드는 사람에 따라 음식 맛이 달라지듯 희망도 만드는 사람의 생각, 성격, 의지, 추진력에 따라 다르게 드러나겠죠.

희망이 쉽게 보이는 것이었다면 판도라의 상자가 열렸을 때 가장 먼저 날아갔을 거예요.

희망은 잘 보이지 않는 깊숙한 곳에 숨어 있기에 마지막까지 남게 마련이에요.

희망은 사람마다 그 크기, 색깔이 달라요.

물론 같은 희망을 가진 사람에게는 똑같은 모습으로 느껴지겠죠.

무작정 기다린다고 해서 희망이 찾아와주지는 않죠.

희망은 만들어가는 것이니까요.

희망은 한곳에 머물기를 좋아하지 않아서 무관심하거나 망설이면 언제든지 다른 곳으로 날아가요.

청
춘

사무엘 울만

청춘이란,
인생의 어느 기간을 말하는 것이 아니라
마음의 상태를 말하는 것이다
그것은 장밋빛 얼굴, 앵두 같은 입술
하늘거리는 자태가 아니고
강인한 의지, 풍부한 상상력, 불타는 열정을 말한다

청춘이란,
인생의 깊은 샘물에서 나는 신선한 정신
유약함을 물리치는 용기, 안이함을 뿌리치는 모험심을 의미
한다
때로는 이십 청년보다 육십이 된 사람에게 청춘이 있다
나이를 먹는다고 해서 사람이 늙는 것은 아니다
이상을 잃어버릴 때 비로소 늙는 것이다

세월은 사람 주름살을 늘게 하지만
열정을 잃지 않은 마음을 시들게 하지는 못한다
고뇌, 공포, 실망 때문에 기력이 땅으로 들어갈 때
비로소 마음이 시들어버리는 것이다

사람에게는 육십 세이든 십육 세이든
그 가슴속에는 언제나 놀라움에 끌리는 마음
젖먹이 아이처럼 미지에 대한 한없는 탐구심
인생의 환희를 추구하는 열망이 있는 법이다

그대는 남에게 잘 보이지 않는
그 무엇을 가슴속에 간직하고 있다
아름다움, 희망, 희열, 용기, 힘에서 나오는 영감
이 모든 것을 갖고 있는 한
언제까지나 그대는 젊음을 유지할 것이다

영감이 끊어지고 정신이 희미해져 눈에 파묻히고
비탄이라는 얼음에 갇힌 사람은
비록 나이가 이십 세라 할지라도 이미 늙은이와 다름없다
그러나 머리를 드높여 희망이라는 파도를 탈 수 있는 사람은
팔십 세일지라도 영원한 청춘 소유자일 것이다

미국의 시인이자 유대교 랍비인 사무엘 울만[1840-1924]의 시 '청춘'은 그가 78세 때 쓴 작품으로 유명하죠.

그는 청춘의 정의를 간단명료하게 내렸어요.

'청춘이란 인생의 어떤 기간이 아니라 마음가짐을 말한다. 나이를 먹는다고 해서 사람이 늙는 것은 아니다. 이상을 잃어버릴 때 비로소 늙는 것이다'라고요.

이 작품에서의 '청춘'은 생물학적 젊음이 아닌, 정신적 젊음을 의미해요.

그는 시에서 '신선한 정신과 용기, 안이함을 뿌리치는 모험심'이 청춘의 조건이라고 말하죠.

그는 이상(희망)을 잃어버리면 그것이 바로 늙음이라고 노래해요.

인생의 중요한 선택은 젊은 시절에 이루어지죠.

입시 때 학교와 전공을 결정하며 직업을 갖고 배우자를 선택하죠.

인생 1막이 자리 잡고 나면 또 어떤 선택을 하며 어떻게 살아야 할까요?

수많은 선택과 후회로 현재의 나를 일궈낸 안정된 인생, 또는 고통스러운 인생이라면 그대로 받아들이기만 하면 될까요?

이 선택도 자신의 몫이라고 생각해요.

대부분은 지금까지 만들어진 인생을 습관적으로 수용하면서 살아가죠.

이유는 또 다른 고민이 사치스러울 만큼 일상은 바쁘고 고단하니까요.

일에 치이고 사람에 부대끼다 보면 미래를 멀리 내다보기도 힘겹고, 새롭게 시작하는 것도 두려우니까요.

잘 닦아놓은 넓은 길을 따라 걷고 싶을 뿐, 불확실하고 위험한 새로운 선택을 하고 싶지 않죠.

용기가 없다기보다는 두려움 때문이에요.

그러나 로버트 프로스트의 시 '가지 않은 길'에서처럼 똑같이 아름다운 다른 길을 선택해도 후회는 하죠.

> 노란 숲속에 길이 두 갈래로 났었습니다
> 나는 두 길을 다 가지 못하는 것을 안타깝게 생각하면서
> 바라다볼 수 있는 데까지 멀리 바라다보았습니다
> 그리고 똑같이 아름다운 다른 길을 택했습니다

삶을 견뎌낼 수 있는 무게에 따라 크게 후회하고 적게 후회하

는 차이만 있을 뿐이죠.

어떤 선택을 하든 결과는 자신의 책임이라는 거예요.

시에서처럼 나이를 더해 가는 것만으로 사람은 늙지 않아요.

이상을 잃어버릴 때 비로소 늙는 거죠.

세월은 피부에 주름살을 늘게 하지만 열정을 잃어버리면 마음이 시들어요.

고뇌, 공포, 실망에 의해서 기력은 땅을 기고 정신은 먼지가 되죠.

인생이란 계속되는 선택과 크고 작은 후회들이 모여 탄생한 한 사람의 역사예요.

단지 희망의 물결을 더 많이 일으키는 사람이 조금 더 나은 인생을 살게 되는 거죠.

행복과 성공이 꼭 일치하지는 않지만 과정의 만족을 많이 느끼니까 성공한 사람이 행복을 크게 느끼는 것은 당연하다 생각해요.

시 '청춘'에서처럼 건강이 받쳐주어 정신적 '젊음'이 오래 계속되고 이상을 향해 끝없이 나아간다면 꿈은 이루어지리라 믿어요.

현재가 후회스럽다면 안일한 삶 너머를 향해 뛰어야 해요.

무모한 모험이라 말할지라도, 두려움을 이겨낸 용기로 남이 가지 않은 길을 기꺼이 선택하여 걸어간다면 청춘은 영원히 현재진행형이 될 거예요.

'희망역'이라는 목적지가 정해지면 열정을 가지고 달려야
해요.

힘들 때에는 용기로 두려움을 이겨내야 해요.

그리고 느리게 가더라도 뒤로 가지는 말아야 해요.

골인 지점에서 희망이 내 이름을 부를 때까지 끝까지 가야
해요.

시간의 존재는 어제도, 내일도 아닌 오늘뿐이에요.

오늘의 승리자가 되어서 내일 웃음 가득한 빛나는 청춘의 후
예가 되어야죠.

푸
르
른
날

서정주

눈이 부시게 푸르른 날은
그리운 사람을 그리워하자

저기 저기 저 가을 꽃 자리
초록이 지쳐 단풍드는데

눈이 내리면 어이 하리야
봄이 또 오면 어이 하리야

내가 죽고서 네가 산다면!
네가 죽고서 내가 산다면!

눈이 부시게 푸르른 날은
그리운 사람을 그리워하자

　　　　서정주[1915-2000] 시인의 '푸르른 날'은 그리운 사람에
대한 그리움을 노래했어요.

서정주 시인은 말해요.

'눈이 부시게 푸르른 날은 그리운 사람을 그리워하자'라고요.

그리고 또 이렇게 노래하죠.

'내가 죽고서 네가 산다면! 네가 죽고서 내가 산다면!'라고요.

시인은, 그리움이 때론 고통이 되기에 이별하고 싶을 때에는
죽을 만큼 용기를 내어 더욱 사랑하라고 말하죠.

이 시는 잊고 있던 그리움의 감정을 소환하는 뭉클한 시예요.

'푸름'은 생명을 가진 것들을 상징하는 말이 되겠죠.

　　　　　　　　　　　　　　　　희망은 날개를 가지고 있다

시인은 그리운 사람을 그리워하는 마음속에서 어떤 '절대성'까지를 말하고 있어요.

언젠가는 '초록'이 '단풍'이 들 것이고, '죽음'의 때가 오기도 하겠지만 그럼에도 푸른 계절엔 오직 그리운 사람을 그리워하라고 강하게 노래하고 있죠.

시의 시작과 끝에 되풀이되는 '그리운 사람을 그리워하자'는 능동성을 나타내는 말이에요.

그리운 마음이 생기면 절제하지 말고 그리워하라!

그리움을 폭발시켜라!

눈이 부시게 푸르른 날은 오래가지 않을 테니!

'푸르름'을 바라보며 그 안에 '그리움'을 새겨 넣는 시인의 마음이 순수하고 평화롭게 느껴지네요.

'푸르름'은 가을 단풍이 속살을 불태우기 위해 발갛게 물들 듯 봄바람에 하늘거리며 그리움 속에 풍덩 빠지고 싶은 마음인 것 같아요.

가녀린 그리움의 '푸르름'으로 말이죠.

어떤 경계 없이 푸르게 번지고 스스럼없이 푸르게 물드는 것이 삶의 행복한 속삭임이 아닐까 해요.

푸른 하늘을 보면 괜한 그리움이 생겨나고, 오랫동안 잊혀 있던 그리운 옛 친구, 첫사랑이 떠오르죠.

이렇듯 푸르른 날에 쓴 편지는 시가 되죠.

하늘 끝자락을 잡고 소쇄(瀟灑)한 바람이 전신을 감싸면 나도 모르게 두 손이 모아지고 숙연해지죠.

지금까지 나만을 위해, 내 것을 위해, 오로지 내 생각만으로

살아온 날들을 잠시 뒤로하고 주변을 돌아보게 되죠.

옛 친구, 옛사랑 등 그리운 사람을 그리워합니다.

눈부시게 푸르른 날에는 잊지 못할 사람을 그리워합니다.

희망은 날개를 가지고 있다

내
나
이
스
물
하
고
하
나
였
을
때

A. E. 하우스먼

내 나이 스물하고 하나였을 때
어떤 현명한 사람이 내게 말했지요
"크라운, 파운드, 기니는 다 주어도
네 마음만은 주지 말거라"
그러나 내 나이 스물하고도 하나였으니
전혀 소용없는 말
"마음속의 사랑은
결코 거저 주어지는 게 아니지
그것은 숱한 한숨과
끝없는 슬픔의 대가이지"
지금 내 나이는 스물하고 둘
아, 그건, 정말 진리입니다

영국의 서정시인 A. E. 하우스먼[1859-1936]의 '내 나이 스물하고
하나였을 때'는 회환과 성찰을 간결하게 노래한 시이죠.

하우스먼이 특별한 의미를 부여하고 있는 나이인 스물한 살.
성년이면서도 삶의 경험이 부족해 서툴고 또 가장 아름다울
나이면서도 고뇌에 차 있는 역설적인 때이죠.

하우스먼은 작품 하나를 탄생시키는 것은 '상처받은 진주조
개가 극심한 고통 속에서 분비 작용을 하여 진주를 만드는 일'
이라고 했어요.

이 시 또한 이러한 맥락에서 노래하고 있지요.

다시 말해 공부도, 일도, 사랑도 끊임없이 노력하고 두드려야
문이 열린다는 거예요.

실패와 고통을 겪고 나서야 진리를 깨닫고 발전한다는 거죠.

스물두 살에 깨달음을 느낀 거죠.

'지금 내 나이는 스물하고 둘 아, 그건, 정말 진리입니다'에서
성찰하게 되죠.

이 시는 어디로 튈지 모르는 불안한 스물한 살뿐 아니라 지

희망은 날개를 가지고 있다

난 시절에 대한 회한을 노래한 거예요.

혹자는 '네가 갖고 있는 돈은 다 주어도 마음만은 주지 말거라. 결코 사랑을 하지 말라'라고 충고하죠.

사랑은 하면 할수록 너무 아프고 슬프기 때문이에요.

그러나 그 과정을 다 겪으며 살아야 진주처럼 아름다운 사랑을 만날 수 있답니다.

시든 소설이든, 문학 속의 문장이 진실이 되어 감동으로 느껴질 때에는 그 문장이 자신의 삶과 일치할 때이죠.

다시 스물한 살로 돌아간다면, 알프레드 디 수자의 '사랑하라, 한 번도 상처받지 않은 것처럼'에 나오는 시처럼 살고 싶어요, 나는.

춤추라, 아무도 바라보고 있지 않은 것처럼

사랑하라, 한 번도 상처받지 않은 것처럼

노래하라, 아무도 듣고 있지 않은 것처럼

일하라, 돈이 필요하지 않은 것처럼

살라, 오늘이 마지막 날인 것처럼

무
지
개

윌리엄 워즈워드

하늘의 무지개를 바라볼 때마다
내 가슴은 뛰노라
나 어릴 때에도 그랬고
어른이 되어서도 그랬고
나 늙어서도 그럴 것이니
그렇지 못하면 죽게 하라
어린이는 어른의 아버지
앞으로 나의 날들이
자연에 대한 경외심으로 이어지기를

윌리엄 워즈워드[1770-1850]는 자연을 노래한 시인으로 유명한데요.

그의 작품을 접하면 동심으로 돌아가듯 마음이 순수해지죠.

이 시 '무지개'는 참으로 경건한 작품이에요.

부담스럽지도 않고 무엇에 끌려가는 듯한 강요가 전혀 느껴지지 않죠.

편안한 음악을 듣거나 순수한 영상을 대하는 것처럼 편안해지는 시예요.

'어린이는 어른의 아버지'라는 시구에 동의하지 않는 이들도 있지만 이렇게 생각하면 될 것 같아요.

어린이가 자라서 어른이 되지만 어린이와 어른의 차이는, 어린이는 순수하고 어른은 덜 순수하다는 거죠.

'어른들이 잃어버린 순수'라는 귀중한 가치를 어린이는 가지고 있죠.

'순수'한 사람이 행복을 더 많이 느낀다고 하듯이 '순수'는 행복의 바탕이 되니까요.

희망은 날개를 가지고 있다

일곱 색깔 무지개를 보면 발걸음이 멈춰지잖아요.

하늘을 수놓은 일곱 색깔 다리에 푹 빠져버리고 말죠.

무지개는 화려하고 아름다운 색채로 우리 앞에 있지만, 무지개를 따라잡을 수는 없어요.

무지개는 오래도록 머물 것 같지만 태양이 빛을 쏟아내는 순간 흔적도 없이 사라지죠.

꿈도 마찬가지예요.

반드시 이루어질 거라 생각하지만 노력과 의지와 확신과 추진력이 조화를 이룰 때에만 가능성이 커지는 거죠.

다만 더 치열하게, 더 정확하게 목표물을 향해 다가갈 때 꿈은 내 것이 되죠.

하늘에 떠 있는 꿈은 보이기라도 하지만 인생의 꿈은 보이지도 않고 이루어져야만 느껴질 뿐이죠.

꿈은 하늘에 떠 있는 무지개보다도 견고하지 않다는 거죠.

오늘도 꿈을 향하여 익숙한 일상을 숨 가쁘게 넘지만 무엇을 해야 어제보다 더 나은 내일이 열릴지 고민하며 시간의 궤적을 넘깁니다.

휴지처럼 구겨지고 절망의 습기 묻은 꿈을 다시 펴서 햇볕에 말리는 이도 있을 테고.

아무도 몰래 깊은 밤 전등 빛에 더듬어보는 이도 있겠죠.

따가운 햇볕이 내리쬐는 여름 한낮을 시원하게 뿌리는 소나기 덕에 무지개를 만나듯 운 좋게 어릴 적 간직했던 꿈, 잠시

시간을 거슬러 만나는 옛 추억, 그때 이루지 못한 욕망들이 무지개처럼 잠시 나타났다 사라지겠죠.

삶에 지치고 힘들수록 하늘을 올려다보았을 때 일곱 빛깔의 무지개가 그리울 거예요.

무지개를 바라보는 이곳에는 시들해진 꿈을 안고 축 늘어진 어깨로 느리게 걷는 어른이 살고 있지만, 무지개 너머 어딘가에는 순진한 미소를 지으며 희망을 향해 돌진하는 또 다른 내가 있기에 한 번 더 도전하는 거죠.

꽉 찬 계란 한 판의 나이이든, 허리까지 굽어가는 계란 두 판의 나이이든, 꿈을 좇아 나아간다면 '무지개를 보면 내 가슴이 뛰노라'라고 말할 수 있겠죠.

한여름날 소나기가 뿌리면 하늘에 무지개가 떠오르듯 꿈을 좇아 힘차게 달려가면 내 마음속 꿈의 무지개를 잡을 수 있지 않을까요?

너
에
게
쓴
다

천양희

꽃이 피었다고 너에게 쓰고
꽃이 졌다고 너에게 쓴다
너에게 쓴 마음이
벌써 길이 되었다
길 위에서 신발 하나 먼저 다 닳았다

너에게 쓴 마음이 벌써 내 일생이 되었다
마침내는 내 생 풍화되었다

천양희¹⁹⁴²⁻ 시인의 '너에게 쓴다'는 한평생 일편단심으로 오직
한 사람을 사랑하는 그 마음이 애틋하게 밀려오는 시인데요.
이 작품과 비슷한 느낌의 시로는 김남조 시인의 '편지'가 있
어요.

그대만큼 사랑스러운 사람을 본 적이 없다
그대만큼 나를 외롭게 한 이도 없었다
이 생각을 하면 내가 꼭 울게 된다

......
그대의 깊이를 다 지나가면 글썽이는 눈매의 내가 있다
......

한 구절 쓰면 한 구절을 와서 읽는 그대
그래서 이 편지는 한 번도 부치지 않는다

희망은 날개를 가지고 있다

양쪽 시 모두 사랑하는 사람을 향한 마음, 사랑받기 위한 애절한 욕망이 담겨 있죠.

'너에게 쓴 마음이 벌써 내 일생이 되었다 마침내는 내 생 풍화되었다'라고 할 정도면 말 다했죠.

화려하게 포장된 이기심의 껍데기를 벗기고 하얀 속살 드러난, 깨끗하고 순수한 배려와 희생이 깃든 마음을 전했다는 의미예요.

"사랑은 움직이는 거야"라고 누군가는 말했죠.

하지만 사랑은 목적 없이 대가를 바라지 않고 요구하지도 않고 있는 그대로를 지켜줄 때 변하지 않는 것 같아요.

사랑, 이제는 참 흔한 말이 돼버렸지만, 오래전 사랑하는 사람과 헤어지고 꽤 먼 길을 혼자 걸은 적이 있어요.

며칠 동안 아무 일도 못할 만큼 앓아누웠죠.

그럼에도 영혼은 더 말짱했어요.

이별을 암시하는 퀴퀴한 냄새가 나는 오래된 손편지를 꺼내 읽고 또 읽었죠.

답장을 쓰겠노라 다짐하면서 몇 날 며칠을 책상 앞에 앉아 있었죠.

하지만 결국 끝내 한 줄도 쓰지 못했어요.

여전히 사랑할 시간이 많이 남아 있고 사랑하고 싶은 내 마음을 그냥 빈 백지로 띄웠어요.

한 달 만에 똑같은 백지의 편지가 왔어요.

그에게서…… 그렇게 잠시 끊긴 듯 사랑은 이어졌죠.

> 저녁은 당신을 데리고 갔습니다.
> 당신의 슬픈 눈이
> 내 살 속에 박힙니다.
> 아무래도 내가 먼저
> 당신을 찾을 것 같습니다.

위의 시가 잔혹한 아픔 후에 태어난 시였어요.

여전히 사랑을 앓고 있지만 삶의 중턱에 서서도 치열하게 앓고 있다는 것이 참 우습죠?

그러나 '사랑'이라는 말, 그래도 품고 살려고요.

왜 사랑하느냐고 묻는다면 마음이, 몸이 늘 그 방향으로 기울어 있기 때문이라고 감히 대답하고 싶어요.

사랑이 그리운 날에는 사랑의 아픔을 노래한 도니체티의 오페라 〈사랑의 묘약〉 중 '남몰래 흐르는 눈물'을 듣는다면 어떨까요?

'하염없는 내 눈물 뺨 위를 흐르네'로 시작해 '나는 너를 영원히 잊을 수 없으리라'로 끝나는 서정적이면서 슬픈 멜로디…….

이 선율로 스스로를 치유해보는 것은 어떨까요?

숨죽여 그리워하며 숨죽여 기다리다 보면 그의 시간 속에 내 목소리가 들리지 않을까요?

호
수

정지용

얼굴 하나야
손바닥 둘로
폭 가리지만

보고 싶은 마음
호수만 하니
눈 감을 밖에

정지용[1902-1950] 시인의 '호수'는 사무치게 그리워하는 마음을 넓고 깊게 표현한 작품이에요.

그리워하는 마음을 호수에 빗대는 순간 사랑하는 마음의 부피는 헤아릴 수 없을 정도로 커지고 간절해지니까요.

작은 두 손으로 얼굴 전체를 감쌀 수는 있지만, 사랑하는 그 마음만은 무엇으로도 덮거나 가릴 수 없으니까요.

그리하여 화자는 스스로 눈을 감죠.

눈을 감는다고 해서 보고 싶은 마음이 사라지지는 않아요. 오히려 더 무한해지죠.

사랑하는 마음은 그 무엇으로도 가늠할 수 없을 만큼 넓고 깊기 때문이죠.

어느 날 살포시 바람처럼 날아와 마음을 흔들어놓고, 어느 날 갑자기 운명처럼 찾아와 전부를 빼앗아가는, 눈과 귀를 멀게 하는 위대한 힘을 가진 것이 사랑이니까요.

희망은 날개를 가지고 있다

봄
의
말

헤르만 헤세

어느 소년 소녀들이나 알고 있다 봄이 말하는 것을
살아라, 자라나라, 피어나라, 희망하라, 사랑하라
기뻐하라, 새싹을 움트게 하라
몸을 던져 삶을 두려워 말아라!

늙은이들은 모두 봄이 소곤거리는 것을 알아듣는다
늙은이여, 땅 속에 묻혀라
씩씩한 아이들에게 자리를 내어주라
몸을 내던지고 죽음을 겁내지 마라!

헤르만 헤세[1877-1962]는 봄을 '맑음'이라는 단어로 표현하기도 했는데요.

그는 이 시에서 '살아라, 자라나라, 피어나라, 희망하라, 사랑하라, 몸을 내던지고 죽음을 겁내지 마라!'라고 말합니다. 그렇게 나중에 후회하지 않게 죽도록 즐기면서 일하라고 외칩니다.

생각해보면 봄은 경이이자 기적이에요.

계절 중 갑[甲]인 것도 같고 을[乙]이기도 한 것 같아요.

이성부 시인은 봄을 '먼 데서 이기고 돌아온 사람'이라고 표현했죠.

13세기 페르시아 시인 무함마드 루미는 사랑하는 사람을 봄의 과수원으로 빗대었죠.

봄의 과수원으로 오세요.

꽃과 촛불과 술이 있어요.

당신이 안 오신다면,

이런 것들이 다 무슨 소용이겠어요.

당신이 오신다면,

또한 이런 것들이 다 무슨 소용이겠어요.

어쩌면 봄은 큰 선택의 순간입니다.

또 택하기에 앞서 선명한 혜안도 필요하죠.

가장 낮은 자세로 무릎을 꿇고 가장 정직하고 성실하게 일을
하리라, 하늘에 맹세하고 스스로에게 약속도 해야 해요.

무엇을 어디에다 어떻게 뿌려야 할지, 그리고 뿌린 것들을 어
떤 방법으로 정성을 기울여야 할지를 계획해야 해요.

사계절 중에서 가장 감동적인 순간이 꽃피는 봄이죠.

먼저 핀 한 송이의 꽃을 따라 산과 들 그리고 사람의 마음까
지 푸르게, 노랗게, 발갛게 물들이는 계절이 봄이죠.

봄은 꽃의 개화뿐 아니라 닫힌 사람의 마음까지 봄의 색깔로
물들이는 힘을 가지고 있죠.

봄이 아름다운 이유는 다른 계절보다 더 아름다워서가 아니
에요.

온몸을 던져 새 생명을 움트게 하는 힘을 가지고 있기 때문
이죠.

그 작은 새싹이 포기한 사람에게 용기와 희망, 그리고 도전을 하게 만들어주기 때문에, 용기를 주고 실천하게 하는 갑도 하고 을도 하기에 위대한 것이죠.

무엇을 하든 늘 봄을 품고 살아야 해요.

봄이 던지는 말을 통해 존재에 대한 경이와 감격과 존엄을 회복해야 해요.

아무리 힘들어도 모진 삶 앞에 당당해야 해요.

헤르만 헤세가 전한 말 '살아라, 자라나라, 피어나라, 희망하라, 사랑하라'처럼요.

행
복

유치환

사랑하는 것은
사랑을 받느니보다 행복하나니라
오늘도 나는
에메랄드빛 하늘이 환히 내다뵈는
우체국 창문 앞에 와서 너에게 편지를 쓴다

행길을 향한 문으로 숱한 사람들이
제각기 한 가지씩 생각에 족한 얼굴로 와선
총총히 우표를 사고 전봇지를 받고
먼 고향으로 또는 그리운 사람께로
슬프고 즐겁고 다정한 사연들을 보내나니

세상의 고달픈 바람결에 시달리고 나부끼어
더욱 더 의지 삼고 피어 흥클어진 인정의 꽃밭에서
너와 나의 애틋한 연분도
한 망울 연연한 진홍빛 양귀비꽃인지도 모른다

사랑하는 것은
사랑을 받느니보다 행복하나니라
오늘도 나는 너에게 편지를 쓰나니
그리운 이여 그러면 안녕!
설령 이것이 이 세상 마지막 인사가 될지라도
사랑하였으므로 나는 진정 행복하였네라

삶이 팍팍하고 현실이 아플수록 우리는 지난날의 추억, 그것
도 가슴 한구석에 묻어둔 '그리움' 속으로 빨려 들어갑니다.
이렇듯 종종 우리가 지금 겪고 있는 아픔이나 고통이 그리움
으로 바뀌어 치유와 힐링이라는 이름으로 마음 깊은 곳에 자
리 잡을 때가 있어요.
위는 청마 유치환[1908-1967] 시인이 이영도 시인에게 보낸 연시
戀詩 '행복'의 마지막 부분인데요.
청마와 이영도가 처음 만난 것은 두 사람이 함께 근무했던
통영여중 교사 시절이었다고 해요.
이영도는 딸 하나를 둔 스물아홉 살 과부였고, 그녀보다 아홉
살 많은 청마는 유부남이었죠.
같은 교무실에서 근무하던 이영도에 대한 연모의 정을 품게
된 청마는 지극히 고전적이고 낭만적으로 구애를 하죠.
퇴근 후, 수예점에서 대부분의 시간을 보내던 이영도를 보기
위해 청마는 수예점이 보이는 중앙동우체국 창가에서 연서
를 썼다고 해요.

서로 닿을 수 없는 인연이기에 청마가 보내는 연서는 더욱 애틋함이 담겨 있었는지도 모르죠.

연서를 보내는 순간이 청마에겐 가장 행복한 시간이었을지도 모르죠.

그때 보낸 시 중 한 편이 '행복'이에요.

청마가 불의의 교통사고로 세상을 떠날 때까지 20년 동안 이영도에게 띄운 연서가 무려 5천여 통이나 된다고 하는데요.

이영도는 자신이 받은 편지 중, 200통을 가려 뽑아 《사랑했으므로 나는 행복하였네라》라는 서간집을 펴내기도 했죠.

불현듯 행복이란 무엇인지 곱씹어보게 되는데요.

그렇다면 이 세상에서 정말 행복하려면 무엇이 필요할까요?

그것은 사랑하는 사람, 해야 할 일 그리고 희망하는 거예요.

물론 행복의 정의는 제각각 다르죠.

아무 일도 벌어지지 않은 평탄한 삶을 행복이라 여기는 이가 있고, 세상 사람들이 쉽게 말하는 삶의 흐름에 맞추어 사는 것을 행복이라 여길 수도 있고, 격정의 삶을 사는 것을 행복이라 여길 수도 있으니까요.

영혼과 영혼이 교감하는 사랑, 한 사람을 진정으로 사랑하는 것은 어떤 걸까요?

아마 삐걱거리다가도 덜컹거리다가도 다시 서로에게 맞추며 깊숙이 스며들며 익숙해지는 것 아닐까요?

그럼에도 불구하고 이상과 현실이 조화롭게 융합되지 못하면 어긋나게 되죠.

함께 교감하는 사랑은 눈의 마주침, 마음의 겹침, 그리고 가슴의 떨림이 아닐까 싶어요.

다시 말해 '사랑을 주고받을' 수 있을 때 최고의 카타르시스를 만나죠.

다닐 앙카

가슴 뛰는 일을 하라
그것이 당신이 이 세상에 온 이유이자 목적이다
그리고 그런 삶을 사는 것이
실제로 가능하다는 사실을
당신은 깨달을 필요가 있다

자신이 원하는 방향으로
삶을 이끌어나가는 힘이 누구에게나 있다
두려움을 믿는 사람은
자신의 삶도 두려움으로 가득 차게 만든다

사랑과 빛을 믿는 사람은
오직 사랑과 빛만을 체험한다
당신이 체험하는 물리적 현상은
당신이 무엇을 믿고 있는가에 따라 결정된다

우주의 에너지는 언제나 당신을 향하고 있다
그것을 어떤 식으로 쓰는가는 당신의 자유이다

자신의 삶을 사는 일
충분히 자신의 모든 부분을 살아가는 일
그리고 자기 존재가 이미 완전하다는 것을 깨닫는 일
지금 당신에게 필요한 것은 그것이다

삶은 당신이 생각하는 것보다 훨씬 단순하다
진정으로 가슴 뛰는 일을 하고 있다면
모든 것이 당신에게 주어질 것이다

우주는 무의미한 일을 창조하지 않기 때문이다
당신이 가슴 뛰는 삶을 살 때
우주는 그 일을 최대한 도와줄 것이다
이것이 우주의 기본 법칙이다

다닐 앙카의 '가슴 뛰는 삶을 살아라'는 참 명쾌한 시라는 느낌이 들어요.

'삶은 당신이 생각하는 것보다 훨씬 단순하다. 진정으로 가슴 뛰는 일을 하고 있다면, 모든 것이 당신에게 주어질 것이다' 하니까요.

삶이라는 것이 단순하다는 것을 알게 될 나이면 경험이 풍부해졌다고도 할 수 있어요.

그만큼 시야도 넓어지고 이해의 폭도 커지니까요.

> '지금의 나'는 잘 살고 있는지를 생각할 때마다 떠오르는 말이 있어요.
>
> "어제는 역사history요, 내일은 미스터리mistery이나 오늘은 선물present이다."

이는 애니메이션 〈쿵푸팬더〉에 나오는 대사인데요.

가슴 뛰는 삶을 산다는 것은 매 순간 열정적으로 사는 거예요.

열정적으로 사는 것도 나의 선택에 달려 있죠.

한 번의 선택은 또 다른 선택을, 또 다른 선택은 또 다른 선택을, 즉 삶은 선택의 연속이에요.

때로는 한 번의 선택이 운명을 바꿔놓죠.

어떤 선택을 하든 가장 중요한 것은 '가슴을 뛰게 하는 일'을 만나는 거예요.

내 가슴을 뛰게 하는 일이라면 용기를 내어 도전하게 되니까요.

사람이 바뀔 수 있는 기회는, 어제도 내일도 아닌 바로 이 순간이에요.

어제까지의 삶이 후회스럽다면 지금을 바꾸면 돼요.

후회로 점철된 과거도 아름다운 추억으로 재생되고, 하얀 베일에 싸인 미지의 미래未來도 아름다운 미래美來로 다가오니까요.

칼릴 지브란이《예언자》에서 말했듯, 변화가 운명을 바꿔요.

'계속 나아가라. 지체하지 말라. 앞으로 나아가는 것은 완전을 향해 움직이는 것이다. 계속 전진하라, 그리고 삶의 길에 있는 가시나 뾰족한 돌들을 두려워하지 말라.'

운명을 바꾸고 싶다면 어디에서 누구와 무엇을 하든 시간의 주인이 되어야 해요.

노래 잘하는 당신보다 노래를 잘하기 위해 노력하는 사람이 되어야죠.

공부 잘하는 당신보다 공부를 잘하기 위해 노력하는 당신이 되어야죠.

모든 것은 결과보다 과정이 중요하니까요.

또한 내 인생의 목적어를 수시로 확인하고 계획을 수정하면서 정확하게 행동해야 해요.

〈죽은 시인의 사회〉에 나오는 키팅 선생의 말처럼 벽(고정관념)을 넘어야 빛나는 별(꿈)이 되죠.

'카르페 디엠carpe diem', 즉 '즐겁게 보낸 오늘이 행복한 내일의 재료'가 된다는 것을 잊지 말아요.

희망은 날개를 가지고 있다

바닷가에서

라빈드라나트 타고르

아득한 나라 바닷가에 아이들이 모였습니다
가없는 하늘 그림같이 고요한데
물결은 쉴 새 없이 남실거립니다
아득한 나라 바닷가에
소리치며 뜀뛰며 아이들이 모였습니다

모래성 쌓는 아이
조개껍질 줍는 아이
마른 나뭇잎으로 배를 접어
웃으면서 한바다로 보내는 아이
모두 바닷가에서 재미나게 놉니다

그들은 모릅니다
헤엄칠 줄도 고기잡이 할 줄도
진주를 캐는 이는 진주 캐러 물에 들고
상인들은 돛 벌려 가고 오는데
아이들은 조약돌을 모으고 또 던집니다
그들은 남모르는 보물도 바라잖고
그물 던져 고기잡이 할 줄도 모릅니다
바다는 깔깔거리고 소스라쳐 바서지고
기슭은 흰 이를 드러내어 웃습니다

사람과 배 송두리째 삼키는 파도도
아가 달래는 엄마처럼
예쁜 노래를 들려줍니다
바다는 아이들과 재미나게 놉니다
기슭은 흰 이를 드러내어 웃습니다

아득한 나라 바닷가에 아이들이 모였습니다
길 없는 하늘에 바람이 일고
흔적 없는 물 위에 배는 엎어져
죽음이 배 위에 있고 아이들은 놉니다
아득한 나라 바닷가는 아이들의 큰 놀이터입니다

라빈드라나트 타고르[1861-1941]는 인도를 대표하는 시인이죠.

'바닷가에서'는 삶과 죽음, 순수한 어린이와 탐욕의 어른을
대조하는 작품으로 상징성이 강한 명상시인데요.

인간 영혼의 아름다움과 자연, 우주, 신과의 조화를 짜임새
있게 노래하고 있어요.

또 영원한 생명의 상징인 바다와 유한한 인간을 대조시켜 인
생이 얼마나 허무한지를 노래하죠.

시인의 '바닷가에서'는 종교적이고 비판적이며 형이상학적
으로 비유한 시라 할 수 있어요.

이 시에 나와 있는 어린이와 진주잡이, 장사꾼은 상징적 언어
가 되죠.

어린이들이 품고 있는 미래의 꿈만큼이나 무한한 바닷가에
서 순수하게 춤추며 놀이에 열중하는 아이들의 모습을 묘사
하는데요.

'아득한 나라 바닷가'는 신비롭고 영원한 세계를 의미해요.

'아이들'은 그 '바닷가'와 조화롭게 살아야 할 이상적 인간의

상징이죠.

'바다'라는 신비롭고 영원한 대자연이야말로 인간의 이상 세계이죠.

그러나 이 바다는 인간의 물질적 욕구를 충족하는 곳이기도 하고, 죽음의 파도가 넘실거리는 위험한 장소이기도 해요.

시인은, 인간은 대자연과의 친화 속에 어린이처럼 순수해질 수 있음을 강조하죠.

2

사랑이 어떻게 너에게로 왔는가

당신이 참 좋습니다

김정한

날마다 봄 햇살처럼 다가와
내 가슴을 파고드는 당신이 좋습니다
옷깃에 닿을 듯 말 듯 살며시 스쳐 지나가도
나의 살갗 깊숙이 머무는
내 입김 같은 당신이 좋습니다
언제부터인가 마음 깊은 곳에 머물며
내 작은 심장까지 끌어안는 당신이 좋습니다
만날수록 취하는, 느낄수록 진한
깊이 우려낸 포도주 같은 당신이 좋습니다
당신을 만나서 정말 좋습니다
당신을 사랑하게 되어 행복합니다
당신이 참 좋습니다

사
랑
이
어
떻
게
너
에
게
로
왔
는
가

라이너 마리아 릴케

사랑이 어떻게 너에게로 왔는가
햇살처럼 꽃보라처럼
혹은 기도(祈禱)처럼 왔는가

행복이 반짝이며 하늘에서 몰려와
날개를 거두고
꽃피는 나의 가슴에 걸려온 것을

하얀 국화가 피어 있는 날
그 집의 화사함이
어쩐지 마음에 불안하였다

그날 밤 늦게, 조용히 네가
내 마음에 닿아왔다

나는 불안하였다. 아주 상냥히 네가 왔다
마침 꿈속에서 너를 생각하고 있었다
네가 오고 그리고 은은히, 동화(童話)에서처럼
밤이 울려 퍼졌다

밤은 은으로 빛나는 옷을 입고
한 주먹의 꿈을 뿌린다
꿈은 속속들이 마음속 깊이 스며들어
나는 취한다

어린아이들이 호두와
불빛으로 가득한 크리스마스를 보듯
나는 본다. 네가 밤 속을 걸으며
꽃송이 송이마다 입 맞추어주는 것을

사랑이 어떻게 너에게로 왔는가

라이너 마리아 릴케¹⁸⁷⁵⁻¹⁹²⁶가 당신에게 '사랑이 어떻게 너에게로 왔는가'라고 질문한다면 어찌 대답할 건가요?

시인은 이렇게 말하죠.

'사랑이 어떻게 너에게로 왔는가 햇빛처럼 꽃보라처럼 또는 기도처럼 왔는가'라고요.

사랑이 하나 될 때에는 반드시 그 순간이 있어요.

첫눈처럼 살포시 내려 눈으로 입술로 가슴으로 파고든다면 사랑이 시작된 거예요.

두근두근 설렘으로 얼굴은 발그레해지면서 몸도 마음도 새털처럼 가벼워지는 거죠.

사랑에 대한 표현이 많지만 현실적인 것들을 꼬집어본다면 '사랑은 가장 달고 가장 쓴 것, 사랑은 그리움과 미움의 교차로, 사랑은 눈먼 장님의 기나긴 여행'이라는 말일 거예요.

이렇게 극과 극으로 표현하는 이유는 사랑을 하기는 쉽지만 처음 그대로 사랑하기가 어렵기 때문이겠죠.

'사랑은 홍역과 같다. 우리는 모두 그것을 겪을 수밖에 없다'

라는 J. K. 제롬의 말처럼 누구나 사랑을 경험하고 살죠.

모든 사람이 과정보다도 결과를 중시하지만 사랑은 사랑하는 자체로 의미가 있어요.

사랑하는 것도 삶의 한 부분이니까요.

달콤하기도 하고 쌉싸름하기도 하지만 순결한 기다림으로 사랑을 기다리는 그 자체가 행복이니까요.

때로는 결과가 부정적이더라도 사랑함으로써 삶이 풍요로워질 수 있으니까요.

정호승 시인의 '첫눈이 가장 먼저 내리는 곳'이라는 시에 이런 문구가 있죠.

나를 첫사랑이라고 말하던 너의 입술 위다

그렇다

누굴 사랑해본 것은 네가 처음이라고 말하던

나의 입술 위다

그렇다

그렇죠. 사랑이 찾아와 사랑하게 되는 것은 사랑을 고백하는 너와 나의 입술을 통해서죠.

서로의 순결한 고백이 교감으로 맞닿을 때 치열하지만 최고의 쾌감을 주는 황홀한 축제가 시작돼요.

달콤하기도 하고 쌉싸름하기도 하지만 순결한 기다림으로
사랑을 기다리는 그 자체가
행복이니까요.

그래서 첫눈을 기다리는 것처럼 세상에서 가장 아름다운 손
님을 맞이할 준비를 하며 사랑을 기다리는 거죠.

막 사랑을 시작한 사람은 첫 떨림을 위해, 헤어진 사람은 더
좋은 떨림을 위해 기도하는 마음으로 기다립니다. 순결한 기
다림으로 사랑을 기다립니다.

꽃은 져도 사랑한 기억은 영원히 지지 않아요.

둘이 만들어놓은 사랑의 통로로 달리는 거죠.

축제의 밤이 휩쓸고 간 다음 날 아침에 허무가 찾아와도 사
랑으로 인해 찾아오는 사유를 사랑하고 인내하며 마지막 숨
이 끊어지는 날까지, 다 삭은 흰 뼈처럼 떠 있는 초승달을 보
며 기척하지 않고 온전히 고백해야죠.

붉고 탱탱하게 익어간 그리움을 다시 솟는 직립의 사랑을 위
해 취하도록 춤을 추자고!

사랑이 어떻게 너에게로 왔는가

사
랑
을

훔
치
는

이

윌리엄 셰익스피어

나의 모든 사랑을 가져가십시오.
사랑하는 이여 그 모두를
그렇지만 그대가
이전까지 가지고 있던 것 외에
무엇을 더 얻을 수 있을까요.

참된 사랑이라고 부를 수 있는 것은

하나밖에 없기에

지금의 사랑을 얻기 전에도

모든 것은 그대의 것이었습니다.

나를 위해서 사랑을 가져간 것이라면

그대를 탓하지 않을 것입니다.

나의 사랑을 그대가 멋대로 하기 위해

스스로를 속인 것이라면

비난을 받게 될 것입니다.

친절한 도둑이여 하지만 그대의 빼앗음을 용서하겠습니다.

비록 가난한 나의 소유를 그대가 모두 훔칠지라도

그럼에도 증오의 알려진 상처보다

사랑이라 하며

주는 고통이 더욱 큰 슬픔이라는 것을

사랑은 알고 있습니다.

모든 나쁜 것의 원천을 보여주는 유혹적인 호의여,

나를 원한으로 죽인다 할지라도 우리는 서로 적이어서는 안

됩니다.

'나의 모든 사랑을 가져가십시오. 사랑하는 이여……'

윌리엄 셰익스피어[1564-1616]의 '사랑을 훔치는 이'는 대표적인 사랑시예요.

누구에게나 사랑으로 말미암아 밤늦도록 뒤척이는 순간이 있게 마련이죠.

사랑해서 그리웠던 순간과 이별해서 괴로운 순간이 있죠.

사랑해서 따뜻했던 지난 순간들과 외롭고 힘겨운 현재를 날카롭게 대비시킨 시예요.

'모든 것은 그대의 것이었습니다. 나를 위해서 사랑을 가져간 것이라면 그대를 탓하지 않을 것입니다.'

아우구스티누스는 "질투를 느끼지 않으면 사랑하지 않는 것이다"라고 말했어요.

애절한 사랑일수록 질투가 강하다는 사실이죠.

질투를 뜻하는 영어 'jealousy'는 라틴어 'zélus'에서 유래했는데요.

열정과 따뜻함, 강한 욕망이라는 뜻이에요.

질투는 짝을 잃을지도 모른다는 두려움, 짝이 다른 사람과 관계를 맺었거나 맺을지 모른다는 불안감에서 오는 불편한 감정이죠.

사랑이 불타오를수록 질투도 타오른다는 사실이에요.

특히 남자의 질투는 생각하는 데서 오는 게 아니라, 오로지 '보는' 데서 생겨난다고 하죠.

괴테의 소설 《젊은 베르테르의 슬픔》에서 베르테르의 질투는 알베르트가 로테의 허리를 감싸는 모습을 본 순간부터 시작되었어요.

사랑에 빠진 연인들은 도시의 불빛 속에 사랑, 그리고 질투의 그물을 동시에 던지고 있어요.

셰익스피어가 쓴 사랑의 비극 《로미오와 줄리엣》에도 나와 있죠.

"사랑이 처음이라 저의 뺨을 빨갛게 물들이는 이 피를 그대의 검은 옷자락으로 가려주세요. 지금은 수줍은 사랑이 어느덧 담대해져서 진정한 사랑의 행위야말로 정숙하다고 느껴질 때까지. 밤의 여신이여, 어서 오세요. 어서 와서 내게 로미오를 보여주세요."

위선이라는 가면을 쓰고 사랑하면 반드시 실패하죠.

진실해야 해요.

진실하지 않은 사랑은 언젠가는 떠나게 되어 있고 쉽게 잊히는 존재로 남죠.

진실과 선을 추구했던 작가 톨스토이는 작품《사람은 무엇으로 사는가》에서 강조했어요.

사람의 마음속에는 '사랑'이 있으며, 사람은 '걱정'이나 '욕망'이 아니라 '사랑'으로 산다고 말이에요.

그것도 거짓이 아닌 진실한 사랑을 강조했죠.

그러나 죽도록 사랑을 하여도 사랑해야 할 수백 가지 이유보다 사랑하지 말아야 할 단 하나의 이유 때문에 헤어질 때도 있죠.

"사랑하기 때문에 헤어진다"라는 말이 쉽게 와 닿지 않을지 모르지만, 못 견디게 사랑해도 주변의 상황이 그렇게 만들 수가 있어요.

로미오와 줄리엣처럼 말이죠.

사랑했습니다.

죽도록 사랑했지만 놓아주어야 한다면 또 어찌해야 하나요?

웃음으로 화답한다면 또 어찌해야 할까요?

그 웃음을 바라본다면 눈물이 나겠죠.

삭이고 삭이고 또 삭인, 단단한 슬픔이 느껴지겠죠.

그럼에도 "괜찮아요. 괜찮아요. 난 괜찮아요"라고 대답한다면 어찌해야 할까요?

그냥 애틋한 그리움을 밀고 가며 "당신을 사랑했습니다. 당신을 사랑했습니다. 나는 당신을 사랑했습니다. 내게 허락된 만큼 당신을 사랑했습니다"라고 대답한다면 어떤 일이 펼쳐질까요?

셰익스피어도 말했듯 진정한 사랑의 길은 험한 가시밭길이
에요.

이 세상에 완벽한 사람도, 완벽한 사랑도 없어요.

어떤 사랑을 하든 후회는 남으니까요.

다만, 간절히 원하는 사랑이라면 이기심을 버려야 해요.

조금씩 양보하며 상대방에게 맞춰가며 진실하게 행동해야
해요.

오래도록 한 사람을 사랑하고 싶다면!

나
그
대
를
사
랑
하
는
까
닭
은

U. 샤퍼

나 그대를 사랑하는 까닭은
아무도 그대가 준 만큼의 자유를
내게 준 사람이 없었기 때문입니다.

나 그대를 사랑하는 까닭은
그대 앞에 서면 있는 그대로의
내가 될 수 있는 까닭입니다.

나 그대를 사랑하는 까닭은
그대 아닌 누구에게서도 그토록 나 자신을
깊이 발견할 수 없었기 때문입니다.

독일에서 태어난 U. 샤퍼[1942-]는 명상 작가로도 유명하죠.

샤퍼의 '나 그대를 사랑하는 까닭은'에서처럼 불그죽죽한 단애 같은 그리움이 한쪽으로 기울면 아마도 그대로의 내가 되어 사랑할 수 있겠죠.

하루치 분량의 음식을 가늠할 수 있는 것처럼 그리움의 양도 그러하다면 참 쉬울 텐데요.

내가 너에게 너는 나에게 스며들어 자신의 색을 퇴색시키는 게 사랑이라면 우리는 그 하나 됨을 위하여 얼마나 어떻게 노력했을까요?

사랑과 미움, 이해와 오해, 믿음과 배신, 거짓과 진실 속을 오가며 얼마나 저울질을 했을 것이며 분노와 고독, 실망과 슬픔 속에서 얼마나 많은 밤을 홀로 지새웠을까요?

해 질 무렵, 전봇대에 걸터앉은 햇살을 헹구듯 오해를 고독을 실망을 슬픔을 빨랫줄에 널어 말린다면 사랑은 처음 그대로 내 곁에 머물까요?

수줍음으로 물든 뾰족하게 튀어 오른 선홍빛 단애를 아시는지요?

샘물처럼 솟구치는 그리움을 아시는지요?

사랑이 어떻게 너에게로 왔는가

내가 당신을 사랑하는 것은

까닭이 없는 것이 아닙니다.

다른 사람들은 나의 홍안만을 사랑하지마는

당신은 나의 백발도 사랑하는 까닭입니다.

내가 당신을 그리워하는 것은

까닭이 없는 것이 아닙니다.

다른 사람들은 나의 미소만을 사랑하지마는

당신은 나의 눈물도 사랑하는 까닭입니다.

내가 당신을 기다리는 것은

까닭이 없는 것이 아닙니다.

다른 사람들은 나의 건강만을 사랑하지마는

당신은 나의 죽음도 사랑하는 까닭입니다.

위 시는 한용운 시인의 '사랑하는 까닭'인데요.

샤퍼의 시 '나 그대를 사랑하는 까닭은'과 느낌이 비슷하죠.

시인은 나의 백발도, 나의 눈물도, 나의 죽음까지도 사랑하기에 그런 당신을 사랑한다고 말하죠.

영화 〈메디슨 카운티의 다리〉에 보면 이런 대사가 나와요.

"이 우주에서 이런 확실한 감정은 단 한 번만 오는 거요. 몇 번을 다시 살더라도 다시 오지 않을 거요. 나도 당신을 원하고 당신과 함께 있고 싶고 당신의 일부분이 되고 싶어요."

사랑에는 이유가 없어요.

사랑에 이유가 있다면 그것은 거래일 뿐이죠.

사랑하는 사람이 한없이 고통 속에서 헤맬 때, 그를 찾아가 말없이 그의 아픔을 들어주고 기댈 수 있도록 어깨를 빌려주는 존재.

눈물을 흘릴 때 "울지 마"라고 말하기보다는 실컷 울도록 곁에서 묵묵히 있어주는 존재.

말없이 지켜보며 울음을 그칠 때까지 기다려줄 수 있는 존재.

기다림이 기다림을 낳아도 그 잇닿은 기다림까지 사랑할 수 있는 존재.

그런 이가 진정한 사랑을 할 자격이 있는 사람이죠.

꽃이 피고 낙엽이 지고 눈보라가 치는 계절이 여러 번 바뀐다 해도 늘 처음 그 온도의 마음으로 머물 수 있는 사람이라면 좋겠어요.

늦은 밤 집으로 들어가기 위해 비밀번호를 누르는 것처럼 행복한 사랑이면 좋겠어요.

사랑하는 사람의 마음속으로 들어가는 암호, 비밀번호를 해독하는 능력을 가진 사람이라면 다 내려놓고 믿어도 되겠죠.

나에게 자유를 주고, 그대로의 내가 될 수 있게 하고, 나를 발견하게 해준 그대가 내 사랑의 주인이겠죠.

라이너 마리아 릴케

내 눈빛을 지우십시오
나는 당신을 볼 수 있습니다
내 귀를 막으십시오
나는 당신 목소리를 들을 수 있습니다
발이 없어도 당신에게 갈 수 있고
입이 없어도 당신을 부를 수 있습니다
나의 양팔이 꺾이어 당신을 붙들 수 없다면
나의 불붙은 심장으로 당신을 붙잡을 것입니다
나의 심장이 멈춘다면 나의 뇌수라도
그대를 향해 노래할 것입니다
나의 뇌수마저 불태운다면
나는 당신을 내 핏속에 싣고 갈 것입니다

이 작품은 독일 시인 라이너 마리아 릴케가 14세 연상의 연인 루 살로메에게 바치는 헌정시인데요.

살로메를 향한 릴케의 주체할 수 없는 연정이 오롯이 묻어나죠.

지성과 미모를 겸비한 살로메를 사랑한 릴케.

그의 이름만으로도 그리움의 정서가 치솟습니다.

이 시는 볼 수 없어도 볼 수 있고, 들을 수 없어도 들을 수 있고, 걸을 수 없어도 갈 수 있다고 말할 정도로 살로메에 대한 뜨거운 사랑을 가늠하게 하죠.

'내가 만일 한밤중에 일어나 일을 하고 있다면 그것은 사랑하는 당신과 만날 날을 손꼽아 헤아리느라 일을 서두르기 때문이라오.'

나폴레옹이 조제핀에게 보낸 편지나 릴케가 살로메에게 보낸 헌정시나 사랑의 온도는 비슷할 거예요.

릴케와 살로메는 처음부터 맺어질 수 없는 인연이었기에 그 사랑이 더 애절했는지 몰라요.

사랑이 어떻게 너에게로 왔는가

살로메에게 바치는 릴케의 헌정시를 읽을 때마다 오버랩이 되는 시가 있어요.

바로 청마 유치환의 시 '행복'인데요.

'그리운 이여 그러면 안녕! 설령 이것이 이 세상 마지막 인사가 될지라도 사랑하였으므로 나는 진정 행복하였네라'라며, 이영도를 향한 주체할 수 없는 연정을 드러내지요.

유치환은 5천여 통의 연서를 보낸 것으로 알려졌는데요.

몸부림치는 짝사랑의 고통을 시 '그리움'에 '어쩌란 말이냐'라고 담았죠.

사랑은 움직인다는 말이 맞는 것 같아요. 남녀가 눈을 마주칠 수 있는 공간, 서로를 탐색할 기회와 시간만 있다면 불붙는게 사랑이니까요.

스승과 제자, 고객과 의사, 범인과 검사 등 당연히 "말도 안돼"라는 반응이 나올 법한 관계에서도 사랑은 싹트니까요.

릴케가 살로메를 처음 본 순간 불꽃 튀는 사랑에 빠진 것은 어쩌면 이루어질 수 없는 사랑이라 더 치열했는지도 몰라요.

아름다운 사랑은 어떤 것일까요?

서로에게 스며들되 가라앉을 정도로 푹 젖지 않고 서로에게 물들어도 자기 본연의 색깔을 지닐 수 있는 절제력,

흔들려도 꺾이지 않고 상대가 버거워하지는 않을 만큼만 흔들리는 자제력,

그것이 나를 지키며 사랑하는 사람도 영원히 사랑할 수 있는

힘이 아닐까 해요.

몰론 사랑의 정의는 주관적일 수 있겠지만요!

사랑이 어떻게 너에게로 왔는가

사
랑
노
래

헤르만 헤세

내가 만일 꽃이라면 얼마나 좋을까
그대 살며시 다가와 나를 꺾으면
그대 손안에 내가 있을 텐데

내가 만일 포도주라면 얼마나 좋을까
그대 입속으로 흘러 들어가
그대 몸속을 한 바퀴 휘돌면
그대와 나를 치유할 텐데

헤르만 헤세의 '사랑 노래'를 대할 때마다 아일랜드 시인 예이츠의 '술은 입으로 들어오고 사랑은 눈으로 들어온다'라는 문구가 생각납니다.

연애를 옛말로 '눈이 맞는다'라고 하지요.

눈과 눈의 부딪침이 심장으로 이어져야 사랑이 시작되는 거예요.

두 점이 사랑으로 이어지면 한 줄의 선이 되고, 진실한 사랑으로 성숙되고 깊어지면 한 줄의 선이 묶여 하나의 동그란 원이 되겠죠.

'너'이기도 하고 '나'이기도 한 동그란 원 하나가 되는 거죠.

헤세의 '사랑 노래'에도 나오지만 인생에서 가장 아름다운 말은 '사랑'인 것 같아요.

사랑은 삶의 모든 질문에 대한 해답이고요.

헤세의 대표작이 《데미안》이라면, 헤세의 삶을 엿볼 수 있는 작품은 《크눌프》가 아닐까 싶어요.

작품 속 주인공인 크눌프는 방랑의 생활을 하죠.

정착하지 않고, 소속되지 않는 삶을 사랑하죠.

크눌프는 가난하며 늘 혼자지만, 매일을 일요일처럼 보내며
자유롭게 살아가요.

물론 그가 선택한 자유 때문에 포기해야 할 것들도 많지만요.

그 자유로 인해 잃을 수밖에 없는 것들을 덤덤히 받아들이고
있죠.

한마디로 '배짱이'의 삶이라 할 수 있어요.

마치 안정된 삶을 갖추기 위해 개미로 살아가는 우리를 돌아
보게 하는 작품이죠.

누구에게나 삶도 사랑도 이어가는 방법은 다르지만 세상
의 잣대와 기준에 의해 삶을, 사랑을 맞추지 않았으면 해요.

베짱이 같은 인생을 선택하든, 개미 같은 인생을 선택하든 스
스로의 선택이니까 존중해야죠.

어떤 선택을 하든 그 나름의 의무가 있으면 그에 따른 만족도 있으니까요.

이 세상에 완벽한 선택이란 있을 수 없어요.

어떤 선택이든 후회와 미련은 남을 거예요.

완벽하든 완벽하지 않든, 내가 선택한 것들이고 지금까지 내가 했던 모든 선택이 현재의 나를 만들었으니까요.

완벽하지 않은 선택이었기에 완벽하지 않은 지금의 나를 만든 것이고 앞으로 완벽해지기 위해 좀 더 노력하면 되는 거예요.

그래서 나다운 나를 창조하기 위해 나에게 맞는 선택을 하고 나름의 방식으로 사랑하며 살아가면 되는 거예요.

삶도 사랑도 경험을 통해 술 익듯 익어가는 거죠.

나는 당신을 사랑했소

알렉산드르 푸시킨

나는 당신을 사랑했소
나의 영혼 속에 아마도 사랑은 여전히 불타고 있으리라
하지만 나의 사랑은 이제 당신을 괴롭히지 않을 거요
어떻게 하든 당신을 슬프게 하고 싶지 않다오
침묵으로
희망도 없이 나는 당신을 사랑했소

때로는 두려움
때로는 질투로 괴로워하면서도
나는 신이 당신으로 하여금
타인의 사랑을 받게 만든 바 그대로
진심으로 부드럽게 당신을 사랑했소

알렉산드르 푸시킨¹⁷⁹⁹⁻¹⁸³⁷의 시 '나는 당신을 사랑했소'를 읽을 때마다 장미보다 빨간 튤립이 떠오르는데요.
빨간 튤립은 '나는 당신을 사랑해요'라는 고백의 의미가 있어요.
러시아인들의 푸시킨에 대한 사랑은 절대적이죠.
러시아의 어느 마을을 가든 푸시킨 동상이 세워진 공원을 쉽게 발견할 수 있으니까요.
두 남녀가 만나 서로를 사랑하는 일은 기적이죠.
이토록 넓은 세상에서, 이토록 많은 사람 중에서 "진심으로 부드럽게 당신을 사랑했소"라고 말할 수 있는 한 사람이 있다는 것은 축복이자 기적이에요.

사랑이 어떻게 너에게로 왔는가

진심으로 사랑하는 사이라면 나를 위해 웃기도 하지만 나를 위해 울어주기도 하니까요.

소크라테스는, 사랑은 빈곤의 품에서 태어난 숙명성 때문에 언제나 갈망하고 욕구한다고 했어요.

갈망과 욕구는 사랑의 숙명이고, 본성이며, 거역할 수 없는 필연성이라 말하죠.

사랑은 때로 숭고하고 때로 초라하지만, 사랑하는 이의 영혼을 다치게 하지 않아요.

또한 필요에 따라 강요되는 것이 아니라 두 영혼이 서로를 그리워하고, 사랑을 나누고 싶어 하며, 함께 밥을 먹고, 함께 영화를 보고 싶어 하고, 함께 거리를 걷고 싶어 하는 성실하고 소박한 본성이에요.

사랑을 느끼면 우리는 상대를 갈망하게끔 되어 있고, 그것은 상대와 자신을 묶어주는 지상의 끈이 됩니다.

비록 사랑 느낌이 감정과 본능에 기초한 것이기는 하지만 사랑으로 흐르는 감정의 색깔은 느끼는 사람의 품성을 담고 있겠죠.

물론 사랑의 시작과 과정과 끝을 의지대로 선택하고 조절할 수는 없겠지만, 사랑으로 흐르는 색깔은 두 사람의 진실한 마음과 의지에 따라 해피엔딩이 될 수도 새드엔딩이 될 수도 있어요.

그 때문에 밀고 당기는 조절 능력을 가져야 해요.

칼릴 지브란은《예언자》에서 '함께 있되 거리를 두라. 그리하여 바람이 그대들 사이에서 춤추게 하라'라고 했어요.

오래도록 사랑하고 싶다면 적당한 간격을 지키며 단순해져야 해요.

단순해진다는 것은 생각과 행동이 머리에서 가슴으로 이동하는 거예요.

계산하지 않고 비교하지 않고 따뜻한 가슴으로 보이는 그대로를 인정해주는 거예요.

사랑하는 마음으로 토닥여주는 거예요.

세상의 악으로부터 구원할 수 있는 길은 사랑하는 사람의 진정성이에요.

어쩌면 사랑도 처음부터 태어나는 것이 아니라 함께 노력해서 만들어가야 해요.

아무리 결혼한 사이라도 사랑이 없으면 마음이 깨져 이별하듯 사랑나무는 단순한 마음으로 깊이 신뢰하며 애정으로 대해야 하니까요.

그래서 사랑은 천사이자 악마라고 할 수 있죠.

사랑할 때는 축복을 안겨주지만 사랑을 잃었을 때는 고통을 안겨주니까요.

그러나 사랑은 모든 것을 이기는 이 세상의 전부예요.

사랑이 어떻게 너에게로 왔는가

첫
사
랑

요한 볼프강 폰 괴테

아, 누가 그 아름다운 날을 가져다줄 것인가
저 첫사랑의 날을
아, 누가 그 아름다운 때를 돌려줄 것인가
저 사랑스러운 때를

쓸쓸히 나는 이 상처를 기르고 있다
끊임없이 새로워지는 한탄과 더불어
잃어버린 행복을 슬퍼한다

아, 누가 그 아름다운 날을 가져다줄 것인가!
그 첫사랑의 그때를

요한 볼프강 폰 괴테¹⁷⁴⁹⁻¹⁸³²는 독일에서 상류층 집안의 맏아들로 태어났죠.

괴테는 자신의 삶을 세 단어로 표현했어요.

'사랑했노라, 괴로워했노라, 배웠노라.'

괴테의 문학세계를 이야기할 때면 항상 '사랑'이라는 단어가 등장하는데요.

괴테가 노년까지 활발히 창작 활동을 할 수 있었던 것도 사랑의 힘 덕분이었죠.

괴테는, 모든 것은 사랑에서 비롯된다는 신념을 가지고 끊임없이 사랑했어요.

사랑을 통해 아파하고 배움을 갈구하며 고민했죠.

그의 삶은 괴로웠다고 표현했지만, 그 괴로움마저도 사랑하지 않았을까요?

괴테의 문학에 가장 큰 영향을 미친 여인은 다섯 명이었죠.

첫사랑 프리데리케,《젊은 베르테르의 슬픔》의 모티브가 된 샬로테 부프, 유일한 약혼녀 릴리 쇠네만, 지성과 감성을 겸비한 유부녀 샬로테 폰 슈타인, 마지막 연인 울리케!

베스트셀러《젊은 베르테르의 슬픔》만으로도 평생 먹고사는

데 지장이 없을 정도였죠.

괴테의 말 중에서 꽤 인상적인 문구가 있어요.

'지금 당신 곁에 있는 사람, 당신이 자주 가는 곳, 당신이 읽는 책들이 당신을 말해준다.'

살다 보면 누구나 마음속에 첫사랑이 하나쯤 있죠.

늘 마음속에 머무는 귀한 사람이 있죠.

몸도 마음도 한쪽으로 휘어진 채 사랑을 하죠.

휘어진 영혼은 새벽빛처럼 시큼시큼 전신을 저리게 하지만,

몇 겹의 두터운 회전 유리문 같은 곳에 갇혀 사랑을 나누는 영혼이지만,

굴절되어 나누는 사랑이라 늘 부족하고 아릿하지만,

넘치면 구역질나도록 지치고 토하고 쓰러지기 쉽지만,

늘 휘청거리면서도 웃는 건 미치도록 그립기 때문이죠.

그래서 안에 꼭꼭 숨겨 두죠.

이제 어디서나 치열하게 그를 앓고 있죠.

김남조 시인의 작품 '편지'에 시구가 있어요.

'그대만큼 사랑스러운 사람을 본 적이 없다 그대만큼 나를 외롭게 한 이도 없었다 이 생각을 하면 내가 꼭 울게 된다'라는 사랑은, 그러니까 언어로는 표현할 수 없는 그 이상의 무엇이에요.

인생 전부를 건 사랑일수록 아픔은 크고 외로움도 깊죠.

그럼에도 불구하고 그런 사랑을 원하는 건 사랑도 욕망이기

때문이에요.

소유할 수 없는 것임에도 한 사람을 만나 사랑에 빠지면 내 것이라 생각하기 때문이죠.

그 어떤 사랑이든 소유할 수 있는 사랑은 이 세상에 없는데 도요.

몸은 소유할 수 있을지 몰라도 마음은 소유할 수가 없는데도요.

그래서 '사랑'이라는 단어는 세상에서 가장 가벼우면서도 무거운 단어가 아닐까 해요.

여성 혁명가 모드 곤을 30년간 사랑한 아일랜드 시인 예이츠는 사랑을 이렇게 표현했어요.

'술은 입으로 들어오고 사랑은 눈으로 들어온다'라고……

하지만 사랑이라는 것 역시 사랑해야 할 수백 가지 이유가 있어도 사랑하지 말아야 할 단 하나의 선명한 이유 때문에 내려놓는 경우가 많죠.

사랑도 예정된 순서에 따라 그런 힘에 의해 흘러가는 것 같아요.

사랑도 흘러가는 삶의 한 조각일 뿐이니까요.

진달래꽃

김소월

나 보기가 역겨워
가실 때에는
말없이 고이 보내드리우리다

영변(寧邊)에 약산(藥山)
진달래꽃
아름 따다 가실 길에 뿌리우리다

가시는 걸음걸음
놓인 그 꽃을
사뿐히 즈려밟고 가시옵소서

나 보기가 역겨워
가실 때에는
죽어도 아니 눈물 흘리우리다

김소월1902-1934의 시집《진달래꽃》은 국민 애송시답게 그 초판본이 1억 3,500만 원에 낙찰되었어요.

'진달래꽃'은 이별의 슬픔을 의지력으로 극복해가는 아름다운 이별의 정한을 예술적으로 승화시킨 작품인데요.

혹자는 말해요.

사랑한 사람이기 때문에 아무런 원망 없이 보낸다는 게 아니라고요.

또 임이 가시는 길에 꽃까지 뿌려드리겠다는 인고적이면서 도덕적인 그런 여성 심리가 아니라고요.

오히려 사회적 윤리와 도덕적 억압 때문에 겉으로는 드러낼 수 없으나 잠재적으로 더욱 강한 충동적 정열을 가진 여성 본능을 표현한 것이라고 했죠.

김소월의 '밤'이라는 시를 볼까요.

홀로 잠들기가 참말 외로와요

맘에는 사무치도록 그리워와요

이리도 무던히

아주 얼굴조차 잊힐 듯해요.

...

다만 고요히 누워 들으면

다만 고요히 누워 들으면

하이얗게 밀어드는 봄 밀물이

눈앞을 가로막고 흐느낄 뿐이야요.

정녕코 떠나겠다면 말없이 고이 보내주겠다던, 그래도 굳이 가겠다면 죽어도 아니 눈물 흘리겠다던 '진달래꽃' 속의 임과는 몸으로는 이별할지언정 마음으로는 이별하고 싶지 않다는 거예요.

어쩌면 사랑하는 것보다 기억하는 것이 더 고통스러울 수 있는데 그 고통을 다 감내하겠다는 의지도 깔려 있어요.

그럼에도 무거운 시간의 나이테를 등에 지고 밀려왔다 사라지는 희미한 옛사랑의 물결은, 추락하는 노을처럼 축 늘어진 전봇대의 전선 아래에서 자잘하게 부서져 완전한 임종을 맞을지도 모르죠.

잇닿을 수 없는 너덜해진 그리움 조각을 껴안고 숨어 울고 있을지도 모르죠.

깊은 사랑일수록 사랑은 그리움을 낳고 그리움은 기다림을 낳고…… 그러다 기다림이 깊어지면 병이 되더이다.

어쨌든 셰익스피어는 '사랑은 누구든 눈멀고 귀먹게 하는 마취제'라고 했어요.

'가시는 걸음걸음 놓인 그 꽃을 사뿐히 즈려밟고 가시옵소서' 하는 표현을 보면, 이 시에는 사랑했던 기억을 추하게 만들고 싶지 않은, 자존과 품위를 지키고 싶은 욕망이 진하게 깔려 있어요.

진달래꽃은 척박한 환경에서도 잘 자라는, 생명력이 강한 꽃이에요.

예부터 꽃은 아름다운 여성의 상징이었죠.

진달래꽃은 선명한 붉은 빛을 지닌 꽃이니 더욱 매혹적인 여성을 의미하죠.

어쩌면 국화나 개나리꽃이라고 했다면 이 작품이 그토록 강렬하게 본능적 욕구의 표출로서 읽히지는 않았겠죠.

'나 보기가 역겨워 가실 때에는 죽어도 아니 눈물 흘리우리다'라는 표현은 실제로는 죽도록 눈물을 흘리겠다는 역설적 표현이에요.

시인은 '진달래꽃'에서 '임'을 향한 절대로 변치 않을 사랑을 반어법으로 노래했어요.

자아의 굳은 의지를 표현하는 데 진달래와 눈물을 인용했지요.

이 시의 주인공인 여성은 사랑하는 사람과 헤어지더라도 밟히고 싶어 했죠.

그것이 조금이라도 위안이 되겠고 죽어도 눈물 아니 흘릴 수 있겠다는 마음이었죠.

사람은 누군가에게 사랑받으며 소속되기를 바라죠.

스스로 거친 세상을 헤쳐 나아가기보다는 누군가가 이끌어 주기를 원하기 때문이에요.

특히 내가 사랑하는 사람이 그렇게 해주길 바라죠.

결론적으로 김소월의 '진달래꽃'은 눈의 마주침, 마음의 겹침, 가슴의 떨림에다가 아무 조건 없이 좋아하고 보살피며 용서하고 배려하는 마음까지 담고 있어요.

다시 말하여 에로스적인 사랑 더하기 아가페적인 사랑을 말해주는 시죠.

이 시의 주인공인 여성은
사랑하는 사람과 헤어지더라도 밟히고 싶어 했죠.
그것이 조금이라도 위안이 되겠고
죽어도 눈물 아니 흘릴 수 있겠다는 마음이었죠.

사랑이 어떻게 너에게로 왔는가

사
모

조지훈

사랑을 다해 사랑하였노라고
정작 할 말이 남아 있음을 알았을 때
당신은 이미 남의 사람이 되어 있었다
불러야 할 뜨거운 노래를 가슴으로 죽이며
당신은 멀리로 잃어지고 있었다

하마 곱스런 눈웃음이 사라지기 전
두고두고 아름다운 여인으로 잊어 달라지만
남자에게서 여자란 기쁨 아니면 슬픔

다섯 손가락 끝을 잘라 핏물 오선을 그려

혼자라도 외롭지 않을 밤에 울어보리라

울어서 멍든 눈 흘김으로

미워서 미워지도록 사랑하리라

한잔은 떠나버린 너를 위하여

또 한잔은 이제 초라해진 나를 위하여

그리고 한잔은 너와의 영원한 사랑을 위하여

마지막 한잔은 미리 알고 정하신 하나님을 위하여

사랑이 어떻게 너에게로 왔는가

사랑에 관한 시 중에는 사랑에 대한 절절한 그리움 그리고 이루지 못해 애절한 시가 많은데, 그 대표적인 시 하나가 조지훈1920-1968의 '사모'예요.

'얇은 사紗 하이얀 고깔은 고이 접어서 나빌레라'로 시작하는 '승무'는 시인이 혜화전문에 다니던 19세 때 지은 작품이라고 해요.

또 시인은 술을 사랑했던 터라 시 '사모'에도 술에 대한 사랑이 녹아 있어요.

보들레르가 《파리의 우울》이라는 시집의 시 '취하라'에 새겨넣은 구절이 있어요.

> 무엇으로 취할 것인가
> 술로, 시로, 사랑으로, 구름으로, 덕으로
> 네가 원하는 어떤 것으로든 좋다
> 다만 끊임없이 취하라

그러니까 사랑이든 술이든 취해야 보이고 느껴지겠죠.

생각해보면 술을 사랑하는 예술가가 많은 이유는 술이 주는
도취와 섬광처럼 내려오는 시적 영감 때문이 아닐까 해요.
시인의 '사모'를 읽을 때마다 겹쳐서 생각나는 시가 있는데요.
애절한 그리움을 노래한 고정희 시인의 '지울 수 없는 얼굴'
이에요.

냉정한 당신이라 썼다가 지우고

얼음 같은 당신이라 썼다가 지우고

불같은 당신이라 썼다가 지우고

무심한 당신이라 썼다가 지우고

징그러운 당신이라 썼다가 지우고

아니야 부드러운 당신이라 썼다가 지우고

그윽한 당신이라 썼다가 지우고

따뜻한 당신이라 썼다가 지우고

...

사랑이 어떻게 너에게로 왔는가

발자크는 '사랑의 반대말은 무관심이다'라고 했지만 더더욱 소유도 집착도 아니에요.

그대로 놓아두고 있는 그대로를 사랑해야 멀리 오래도록 사랑할 수가 있어요.

그리고 아무리 오래 기다린다고 해도, 평생을 바쳐 노력한다 해도 절대로 허락되지 않는 사랑도 있어요.

모든 것을 다 포용하고 이해한다 해도, 완벽하다 싶을 정도로 좋은 사람이 된다 해도 절대 얻을 수 없는 사랑이 있는 거예요.

어쨌든 지금 사랑하고 있는 사람들, 사랑을 준비하는 사람들, 그리고 지나간 사랑에 아파하는 사람들 모두 지울 수 없는 얼굴들은 가득할 텐데요.

다섯 손가락 핏물 보일 만큼 아프도록 사랑한 당신, 썼다가 지우고 썼다가 지우는 무심한 당신, 내 영혼의 요람 같은 당신, 샘솟는 기쁨 같은 당신…….

살면서 지울 수 없는 얼굴들이 가득하죠.

사랑했던 사람은 여전히 그립고 미워했던 사람은 미운 정이 깊어 아프게 마음을 흔들잖아요.

사랑은 소리 없이 조용히 찾아와 외롭게도 하고 웃게도 하고 울게도 하죠.

진정 사랑했다고 말하려 할 때는 헤어졌음에도 가슴이 먹먹해지는 것이겠죠.

사랑보다 더 좋은 묘약이 있을까요?

사랑보다 더 나쁜 독약이 있을까요?

그럼에도 사랑에 빠져 허우적거리는 이유는 사랑함으로써

행복한 시간이 많기 때문이죠.

꽃

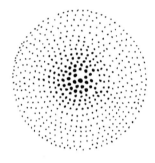

김춘수

내가 그의 이름을 불러 주기 전에는
그는 다만
하나의 몸짓에 지나지 않았다

내가 그의 이름을 불러 주었을 때
그는 나에게로 와서
꽃이 되었다

내가 그의 이름을 불러 준 것처럼

나의 이 빛깔과 향기(香氣)에 알맞은

누가 나의 이름을 불러다오

그에게로 가서 나도

그의 꽃이 되고 싶다

우리들은 모두

무엇이 되고 싶다

너는 나에게 나는 너에게

잊혀지지 않는 하나의 눈짓이 되고 싶다

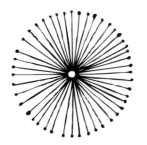

사랑이 어떻게 너에게로 왔는가

김춘수[1922-2004] 시인의 꽃은 사랑을 가장 압축한 단어(꽃)로
지극히 아름답게 표현한 시예요.

김춘수 시인은 지인에서 연인으로 발전하는 과정을 잘 표현
했어요.

'내가 그의 이름을 불러 주기 전에는 그는 다만 하나의 몸짓
에 지나지 않았다.

내가 그의 이름을 불러 주었을 때 그는 나에게로 와서 꽃이
되었다.'

사랑은 서로의 이름을 진심으로 절박하게, 애틋하게 부르는
순간 시작되죠.

몸과 영혼을 발갛게 물들이기도 하고, 사랑이라는 마법에 빠
지면 서로 다른 곳을 바라보며 서로 다른 생각을 하던 사람
들이 한순간 나란히 같은 곳을 바라보며 같은 생각을 하게
되죠.

사랑에 빠지면 누구나 날개 한쪽을 가진 한 사람의 천사가
되죠.

물론 두 날개가 정확히 잇닿아야 날 수 있어요.

가슴과 가슴의 교류가 진정성이 있는 사랑으로 발전하니까요.

다시 말해 애틋한 마음으로 함께 있든, 떨어져 있든 일체감을 느끼게 되죠.

사랑이라는 씨앗이 새싹이 되는 순간 서로의 말을 배우며, 살갗 같은 서로의 언어를 흉내 내죠.

서로를 닮아가기 시작하죠.

서로에게 깊숙이 물드는 순간 희생과 배려의 마음도 생기죠.

다시 말해 서로의 눈으로 세상을 바라보게 되는 거예요.

사랑의 동화同化가 이루어지는 거죠.

3

취
하
라

조지 허버트

스무 살에 잘생기지 못하고,
서른 살에 힘세지 않고,
마흔 살에 돈 못 벌고,
쉰 살에 현명하지 못하면,

결코 잘생기거나, 힘세거나,
돈 벌거나, 현명해질 수 없다.

취
하
라

샤를 피에르 보들레르

항상 취하라
그것보다 우리에게 더 절실한 것은 없다
시간의 끔찍한 중압이 네 어깨를 짓누르면서
너를 이 지상으로 궤멸시키는 것을 느끼지 않으려거든
끊임없이 취하라

무엇으로 취할 것인가
술로, 시로, 사랑으로, 구름으로, 덕으로
네가 원하는 어떤 것으로든 좋다
다만 끊임없이 취하라

그러다가 궁전의 계단에서나
도랑의 푸른 물 위에서나
당신만의 음침한 고독 속에서
당신이 깨어나 이미 취기가 덜하거나 가셨거든 물어보라

바람에게, 물결에게, 별에게, 새에게, 시계에게

지나가는 모든 것에게, 굴러가는 모든 것에게

노래하는 모든 것에게, 말하는 모든 것에게 물어보라

그러면 바람이, 물결이, 별이, 새가, 시계가 대답해줄 것이다

취하라, 시간의 고통받는 노예가 되지 않으려거든

취하라, 항상 취해 있으라

술이건, 시이건, 미덕이건 당신 뜻대로

프랑스 시인 샤를 피에르 보들레르[1821-1867]는 시 '취하라'에서 '취하라, 시간의 고통받는 노예가 되지 않으려거든 취하라, 항상 취해 있으라 술이건, 시이건, 미덕이건 당신 뜻대로' 하며 무조건 푹 취해 있으라 했죠.

무엇에든 미친 듯이 빠져들면 취하는 것이죠.

사람에 취할 수 있고, 일에 취할 수도 있죠.

다시 말해 끌리는 무엇에 정신 못 차릴 정도로 빠져드는 것을 말하죠.

정신없이 뭔가에 몰입하는 무아지경이 되어야 정신을 차리고 보면 뭔가가 이루어지죠.

무엇이든 취醉하지 않으면 취取할 수 없어요.

오늘도 취하고 내일도 취하고 쉬지 않고 취해야 해요.

미친 듯이 빠져들어야 목적지에 도착하니까요.

조금 취하면 추해 보일지 몰라도 제대로 취하면 아름다워 보이죠.

시인은 도취를 통해 시간의 압박과 권태를 동시에 잊으라고 해요.

하지만 또 한편으로는 집중에 의해서만 완전한 삶을 살 수 있다는 평소의 철학을 말하고 있죠.

어쨌든 당신의 어깨를 무너지게 하여 당신을 땅 쪽으로 꼬부라지게 하는 가증스러운 시간의 무게를 느끼지 않기 위해서라도 당신은 쉴 새 없이 취해야 해요.

견딜 수 없는 것까지 견디도록 취해 있어야 해요.

몸에 마음에 그림 채우듯 꽉 채워질 때까지!

하얀 옷을 입은 마법사가 당신을 목적지까지 데려다줄 때까지!

그래서 내 마음의 창고에 그 무언가가 충만해질 때까지!

세상의 중력이 가볍게 느껴질 만큼 환희가 내 뺨을 후려칠 때까지!

사진에, 그림에, 시에, 운동에, 일에, 사랑에, 쉬지 않고 취하세요!

취하라

마음의 수수밭

천양희

마음이 또 수수밭을 지난다.
머위 잎 몇 장 더 얹어 뒤란으로 간다.
저녁만큼 저문 것이 여기 또 있다.
개밥바라기 별이
내 눈보다 먼저 땅을 들여다본다
세상을 내려놓고는 길 한쪽도 볼 수 없다
논둑길 너머 길 끝에는 보리밥이 있고
보릿고개를 넘은 세월이 있다
바람은 자꾸 등짝을 때리고, 절골의
그림자는 암처럼 깊다. 나는
몇 번 머리를 흔들고 산 속의 산,

산 위의 산을 본다.

산은 올려다 보아야 한다는 걸 이제야

알았다. 저기 저 하늘의 자리는

싱싱하게 푸르다.

푸른 것들이 어깨를 툭 친다.

올라가라고 그래야 한다고.

나를 부추기는 솔바람 속에서

내 막막함도 올라간다.

번쩍 제정신이 든다.

정신이 들 때마다 우짖는 내 속의

목탁새들 나를 깨운다.

이 세상에 없는 길을 만들 수가 없다.

산 옆구리를 끼고 절벽을 오르니,

천불산(千佛山)이 몸속에 들어와 앉는다.

내 맘속 수수밭이 환해진다.

천양희 시인의 시는 깊은 산허리에 숨어 '우우' 하고 서걱거리며 울고 있는 수수 같다는 생각을 늘 하는데요.

'마음의 수수밭'은 시인이 강원도 어느 여행지에서 만난 수수밭이 창작의 동기가 되었다고 해요.

시인은 "죽음을 각오하고 떠난 여행길에서 살아 돌아온 마음으로 쓴 시이다"라고 고백했는데요.

바람결에 서럽게 서걱대는 수수밭에 주저앉아 소리 내어 울었다고 했죠.

작가로 살고 있는 나 역시 삶을 내려놓기 위해 찾아간 어느 후미진 바닷가에서 바위에 주저앉아 통곡했던 적이 있어요.

티끌이 제 무게를 이기지 못해 바람에 몸을 맡기듯, 죽기 살기로 내 어깨에 매달려 있던 삶의 무게를 견디지 못해 내려놓으려 인적 드문 곳을 찾았죠.

그곳 여관 주인 아주머니의 가장 낮은 곳에서 허우적대던 굴곡진 이야기를 듣고 나서 살아야겠다는 용기를 냈어요.

한평생 살다 보면 어떤 위치에 있든 삶과 죽음의 경계에 누구나 한 번쯤 서게 되나 봐요.

20대 혹은 30대 또는 천양희 시인처럼 늦은 중년에 찾아올 수도 있어요.

'마음의 수수밭'에도 나오듯이 암처럼 깊어진 삶의 그림자를 안고 누구나 산 정상을 향해 오르는 거예요.

오르다가 절벽에 홀로 머물 때 서걱거리며 울어대는 수수의 모습이 자신을 닮았다고 생각하죠.

죽음의 가장 가까운 곳에 서게 되면 삶과 죽음의 선택은 절반이지만 아마도 죽음에 더 가까이 서 있는 거죠.

그럼에도 살겠다는 의지를 다시 찾는다는 것은 정말 대단한 거구요.

그 고비를 넘기면 위기를 기회를 만들 힘을 얻게 되는 것 같아요.

나에게 머무는 고통까지도 사랑하게 되니까요.

시인은 "내가 운명의 고비에 처했을 때 그때마다 이겨낼 수 있도록 도와준 것은 시를 쓰는 일이었다"라고 말했어요.

시인에게는 시를 쓰지 않는 순간이 가장 견디기 힘든 시간이 아닐까 해요.

시에는 '산 속의 산, 산 위의 산을 본다. 산은 올려다 보아야 한다는 걸 이제야 알았다'라는 말이 나오는데요.

무엇을 이루고자 한다면 그것을 똑바로 응시하며 내가 이룰 수 있는 것을 목표로 삼아야 해요.

취하라

없는 것을 얻고자 할 때 신은 그저 손에 쥐어주지 않아요.

손안에 쥐어주기까지 가까이 다가가다 뒤로 물러나기를 수백 번 하겠죠.

그러니 무엇을 이루기 위해서는 첫걸음도 중요하지만 마지막 한 걸음이 정확해야 한다는 거예요.

느리게 가더라도 뒤로 가지 말고 목적지까지 마지막 한 걸음을 두 발로 내디뎌야 해요.

그래야만 '천불산千佛山이 몸속에 들어와 앉는다. 내 맘속 수수밭이 환해진다'라는 시구처럼 가장 편안한 천국에 머물게 되는 거죠.

새로운 운명의 열차를 갈아타기란 쉬운 일이 아니에요.

삶에서의 천국은 따로 없어요.

간절히 원하는 것이 이루어지는 순간 그곳이 천국이에요.

수수밭이든, 바다이든, 가족과 함께 있든, 홀로 있든 만족하는 그 순간이 천국이라는 거죠.

간절히 원하는 것이 이루어지는 순간 그곳이 천국이에요.

서
시

윤동주

죽는 날까지 하늘을 우러러
한 점 부끄럼이 없기를
잎새에 이는 바람에도
나는 괴로워했다
별을 노래하는 마음으로
모든 죽어 가는 것을 사랑해야지
그리고 나한테 주어진 길을
걸어가야겠다
오늘 밤에도 별이 바람에 스치운다

한국인이 가장 사랑하는 시 1위가 윤동주1917-1945의 '서시序詩'
라고 하는데요.

'서시'는 영혼이 맑은 시인이 쓴 시라서 그런지, 한마디로 깨
끗하죠.

서시에 나오는 '죽음', '밤', '부끄럼' 등은 암울한 현실에 대한
상징어이지만 '사랑', '별', '주어진 길' 등을 통해 한 가닥 희망
의 염원을 말하고 있어요.

'죽어가는 것들을 사랑하고 나에게 주어진 길을 걸어가야겠
다'는 윤동주의 독백은 나라와 개인의 암울함 속에서 희망을
잃지 않으려는 내면세계의 절규로 느껴집니다.

'서시' 아흔 글자 속에는 전쟁, 죽음, 사랑 그리고 그가 함께했
던 모든 것에 대한 이별이 담겨 있어요.

쉬운 어휘에다가 너무나 여성적인 느낌의 독백시라서 마치
물 흐르듯 쉽게 읽히죠.

이 시는 읽는 사람으로 하여금 지나온 나, 지금의 나, 미래의
나를 성찰하는 시간을 갖게 해주는데요.

하늘의 별과 땅의 잎새 사이에서 널브러져 있는 고통까지 괴
로워하지만 결국 큰 사랑으로 포용하죠.

쉬어라

전체적인 이미지는 부끄러움 없이 살고자 하는 순수한 영혼을 가진 시인의 삶의 자세를 엿볼 수 있죠.

분수에 맞게 살아가면서 스스로 걸어가야 할 길을 묻고 대답하고 확인하는 자아 성찰과 실천 의지, 현실은 어둡고 시련 속에 살고 있지만 반드시 이겨내겠다는 의지가 포함되어 있어요.

자기 발견의 참다운 덕목 중 하나가 부끄러움을 아는 거예요.

인간은 원죄 의식에서 자유로울 수 없는 존재인데 스스로가 원죄 의식의 소유자라는 것을 깨닫는 사람은 별로 없죠.

만일 이 사실을 처음부터 깨달았다면 그 누구나 '잎새에 이는 바람에도' 괴로워하겠죠.

영화 〈죽은 시인의 사회〉에서 키팅 선생이 말하죠.

"그 누구도 아닌 자기 걸음을 걸어라. 나는 독특하다는 것을 믿어라. 누구나 몰려가는 줄에 설 필요는 없다. 자신만의 걸음으로 자기 길을 가거라. 바보 같은 사람들이 무어라 비웃든 간에. 카르페 디엠!"

'서시'는 바로 그런 순수한 인간다움의 길을 제시한 거예요.

시인은 그 길을 가라고 강요하지 않아요.

단지 그것을 독백의 형식으로 노래하고 있을 뿐이죠.

역설적으로 그것이 부끄러움을 깨닫지 못하고 사는 사람들은 읽는 것만으로도 따끔한 충고를 얻게 되죠.

한마디로 '서시'는 감염력과 흡입력이 뛰어나 누구에게나 감동을 주는 시임에 틀림없어요.

윤동주 시인 역시 마음속에 별 하나를 품고 암울한 시대를 건 넜죠.

그는 '죽는 날까지 하늘을 우러러 한 점 부끄럼이 없기를 잎 새에 이는 바람에도 나는 괴로워했다'라고 노래했는데요.

일제강점기에 하늘의 별을 바라보며 불면의 밤을 보냈을 시 인의 모습이 아련하게 떠오르고, 양심 앞에 부끄럽지 않은 존 재가 되기를 다짐하는 시인의 고뇌에 찬 메시지가 심장을 두 드리네요.

맑고 투명한 심안心眼으로 자신의 내면을 응시하고 현실을 고 민했던 슬픈 운명의 시인 윤동주.

나라를 빼앗긴 엄혹한 시대를 별이 바람에 스치듯 스물일곱 해 살다 간 순수한 영혼이 사람의 마음을 뒤흔들고 있어요.

'인생은 살기 어렵다는데 시가 이렇게 쉽게 씌어지는 것은 부 끄러운 일이다.'

그의 시를 읽는 동안 시를 쓰면서도 자기 성찰을 늦추지 않 았던 시인의 순결한 영혼이 떠오르네요.

불행한 시대에 고뇌하고, 저항하면서 그가 남긴 시들을 우리는 너무 쉽게 읽고 돌아선다는 것이 어쩌면 부끄러운 일이에요.

바람이 부는 별밤엔 하늘을 올려다봐야겠어요.

어느 운석 아래로 홀로 걸어가는 시인의 모습이 떠오를지도 모르니까요.

작
은
별
아
래
서

비스와바 심보르스카

우연이여, 너를 필연이라 명명한 데 대해 사과하노라

필연이여, 혹시라도 내가 뭔가를 혼동했다면, 사과하노라

행운이여, 내가 그대를 당연한 권리처럼 받아들여도, 너무 노여워 말라

고인들이여, 내 기억 속에서 당신들의 존재가 점차 희미해진 데도, 너그러이 이해해달라

시간이여, 매 순간 세상의 수많은 사물을 보지 못하고 지나친 데 대해 뉘우치노라

지나간 옛사랑이여, 새로운 사랑을 첫사랑으로 착각한 점 뉘

우치노라

먼 나라에서 일어난 전쟁이여, 태연하게 집으로 꽃을 사 들고 가는 나를 부디 용서하라

벌어진 상처여, 손가락으로 쑤셔서 고통을 확인하는 나를 제발 용서하라

지옥의 변방에서 비명을 지르는 이들이여, 이렇게 한가하게 미뉴에트 CD나 듣고 있어 정말 미안하구나

기차역에서 어디론가 떠나는 사람들이여, 새벽 다섯 시에 곤히 잠들어 있어 참으로 미안하구나

막다른 골목까지 추격당한 희망이여, 제발 눈감아다오, 때때로 웃음을 터뜨리는 나를

사막이여, 제발 눈감아다오, 한 방울의 물을 얻기 위해 수고스럽게 달려가지 않는 나를

그리고 그대, 아주 오래전부터 똑같은 새장에 갇혀 있는 한 마리 독수리여

언제나 미동도 없이 한결같이 한곳만 바라보고 있으니

비록 그대가 박제로 만든 새라 해도 내 죄를 사하여주오

미안하구나, 잘려진 나무여, 탁자의 네 귀퉁이를 받들고 있는

다리에 대해

미안하구나, 위대한 질문이여, 초라한 답변에 대해

진실이여, 나를 주의 깊게 주목하지는 마라

위엄이여, 내게 관대한 아량을 베풀어달라

존재의 비밀이여, 네 옷자락에서 빠져나온 실밥을 잡아 뜯은

걸 이해해달라

영혼이여, 내 너를 자주 잊었더라도 기분 나빠 말라

모든 사물이여, 용서하라, 내가 동시에 모든 곳에 존재할 수

없음을

모든 사람이여, 용서하라, 내가 각각의 모든 남자와 모든 여

자가 될 수 없음을

내가 살아 있는 한, 그 무엇도 나를 정당화할 수 없다는 걸 잘

알고 있느니

왜냐하면 내가 갈 길을 나 스스로 가로막고 서 있기에

언어여, 제발 내 의도를 나쁘게 말하지 말아다오

한껏 심각하고 난해한 단어들을 빌려 와서는

가볍게 보이려고 안간힘을 써 가며 열심히 짜 맞추고 있는

나를

폴란드 시인 비스와바 심보르스카[1923-2012]는, 인간은 불변의 생물학적 자연법칙과 역사 필연성의 지배를 받는 지극히 나약하고 진정한 상호 대화가 불가능한 소외된 존재라고 말하죠. 그녀는 인간 존재의 의미와 목적에 대해 깊은 관심을 가지고 인간의 일회성一回性을 강조하면서 그것을 우주적 차원에서 관찰하고 있어요.

심보르스카의 시는 한마디로 전복적이라고 할 수 있어요.

시인들이 흔히 사용하는 시어를 뒤로하고 시에서 연상되는 고정관념들을 보기 좋게 배반하고, 시의 소재가 될 것 같지 않은 파격적인 것들을 끌어모아 낯설고도 신비한 작품을 창조하죠.

시의 모차르트라고 불리는 심보르스카는 도덕과 철학의 문제를 아름다운 서정시로 풀어내며 유럽 전후세대를 매혹시켰어요.

그녀는 인생의 정신적 측면이 다른 어떤 것보다도 중요하다는 믿음을 견지하면서 인류와 사랑, 죽음 등의 화두를 간결하고 담백하게 담아냈다는 평가를 받고 있어요.

그녀의 시 '작은 별 아래서'도 실수투성이에 자주 관념적이며 의도하지 않아도 어리석은 일을 저지르는 자신에 대해 시인은 진지하게 용서를 빌고 있어요.

무엇보다도 매 순간 수많은 사물을 정확히 보지 못하고 지나친 데 대해,

행운과 우연들과 고통받는 자들에 대해,

참혹한 전쟁들에 대해,

무한히 경건히 참회하듯 용서를 빌고 있어요.

그녀는 1996년 노벨문학상 수상 소감에서 "끊임없이 '나는 모른다'라고 말하는 가운데 새로운 영감이 솟아난다"라고 했어요.

'나는 모른다'라는 고백은 순수하고 정직하고 스스로를 선명하게 드러내는 말이죠.

무지에 대한 겸허한 인정임과 동시에 무언가를, 아마도 어딘가에 오롯이 존재하는 삶의 신비를 '알고 싶다'는 간절함이기도 하죠.

삶에는 어느 하나도 '당연한' 것이 없기에, '안다', '모른다'를 정확하게 표현하는 것이 당연한데 많은 이가 그러지 못하죠.

흰색도 검은색도 아닌 균형을 잃은 애매모호한 태도만 취할 뿐!

시인은 사소한 것들을 중요시하고 의미 없어 보이는 것들에

의미를 부여해요.

그러고 보면 인간은 작은 별 아래서 서성이는 미미한 티끌인가 싶어요.

어쩌면 인간은 끝내 행복한 삶의 완전한 비밀번호를 알아내지 못한 채 떠나갈 테니까요.

한평생 소나기처럼 퍼붓는 진실과 거짓, 선과 악, 풍요와 빈곤, 겸허와 오만, 부지런함과 나태, 슬픔과 기쁨에 흐느적거리더라도 사는 날까지 '균형'을 잃지 말아야 해요.

그렇게 할 때 작은 별 아래서의 여행은 그래도 만족스럽지 않을까요?

벗
하
나
있
었
으
면

도종환

마음 울적할 때 저녁 강물 벗 하나 있었으면
날이 저무는데 마음 산그리메처럼 어두워올 때
내 그림자를 안고 조용히 흐르는 강물 같은 친구 하나 있었
으면

울리지 않는 악기처럼 마음이 비어 있을 때
낮은 소리로 내게 오는 벗 하나 있었으면
그와 함께 노래가 되어 들에 가득 번지는 벗 하나 있었으면

오늘도 어제처럼 고개를 다 못 넘고 지쳐 있는데
달빛으로 다가와 등을 쓰다듬어 주는 벗 하나 있었으면
그와 함께라면 칠흑 속에서도 다시 먼 길 갈 수 있는 벗 하나
있었으면

취하라

'친구는 제2의 자신이다'라는 아리스토텔레스의 말이 있어요.

도종환1954- 시인의 이 작품은 쉬운 시어로 편안하게 느껴지는 우정에 관한 시인데요.

'벗 하나 있었으면'은 좋은 벗을 가졌으면 하는 '바람'의 시죠.

좋은 벗을 가진다는 것은 생각만 해도 가슴 뛰는 일이죠.

생각대로 벗을 갖기 어려운 것은 나 스스로 좋은 벗이 되기 어렵기 때문이에요.

함께 웃고 함께 울 수 있는 그런 벗 하나 있으면 참 좋겠죠.

굴곡진 인생을 살다 보면 괜찮은 친구가 필요할 때가 있죠.

괴로울 때 술잔을 부딪칠 수 있는 친구,

밤새껏 주정을 해도 다 들어주고 받아주는 친구,

어깨동무하며 농담을 주고받는 친구,

그런 편한 친구 하나 있으면 좋겠죠.

간절히 필요하다면 그런 친구가 다가와 내 손을 잡아주기 전에 내가 먼저 다가가 그런 친구가 되어주면 어떨까요?

시시한 고민 하나 툭 털어놓아도 짜증내지 않고 "허허" 웃으며 들어주는 그런 친구가 되어주면 어떨까요?

곁에 있는 것만으로 든든하고 편안해지는 그런 친구가 되어주면 어떨까요?

이름만 떠올려도 웃음이 나고 편안해지는 친구가 있다면, 먼저 마음의 문을 열고 지금 당장 다가가면 어떨까요?

사랑도, 우정도 툭 건드리면 반응이 오는 움직이는 모빌 같으니까요.

목
마
와
숙
녀

박인환

한 잔의 술을 마시고
우리는 버지니아 울프의 생애와
목마를 타고 떠난 숙녀의 옷자락을 이야기한다
목마는 주인을 버리고 거저 방울 소리만 울리며
가을 속으로 떠났다 술병에서 별이 떨어진다
상심한 별은 내 가슴에 가벼웁게 부숴진다
그러한 잠시 내가 알던 소녀는
정원의 초목 옆에서 자라고
문학이 죽고 인생이 죽고
사랑의 진리마저 애증의 그림자를 버릴 때
목마를 탄 사랑의 사람은 보이지 않는다
세월은 가고 오는 것

한 때는 고립을 피하여 시들어 가고

이제 우리는 작별하여야 한다

술병이 바람에 쓰러지는 소리를 들으며

늙은 여류작가의 눈을 바라다보아야 한다

……등대(燈臺)에……

불이 보이지 않아도

거저 간직한 페시미즘의 미래를 위하여

우리는 처량한 목마 소리를 기억하여야 한다

모든 것이 떠나든 죽든

거저 가슴에 남은 희미한 의식을 붙잡고

우리는 버지니아 울프의 서러운 이야기를 들어야 한다

두 개의 바위 틈을 지나 청춘을 찾은 뱀과 같이

눈을 뜨고 한 잔의 술을 마셔야 한다

인생은 외롭지도 않고

거저 낡은 잡지의 표지처럼 통속하거늘

한탄할 그 무엇이 무서워서 우리는 떠나는 것일까

목마는 하늘에 있고

방울 소리는 귓전에 철렁거리는데

가을바람 소리는

내 쓰러진 술병 속에서 목메어 우는데…….

취하라

박인환1926-1956 시인의 '목마와 숙녀'는 6·25 한국전쟁 직후의 상실감과 허무 의식을 드러낸 시예요.

즉, 부서지고 퇴색하며 떠나가는 모든 것에 대한 절망감과 애상을 노래했죠.

영국 작가 버지니아 울프의 비극적 생애와 떨쳐버릴 수 없는 불안과 허무의 시대를 '목마'로 나타냈는데요.

'가을 속으로 떠나간 목마와 숙녀의 애상과 허무'는 바로 작가의 고뇌이며 동시에 시대적 아픔을 드러낸 것이라고 할 수 있어요.

31세에 요절한 시인은 시와 술을 벗하며 현대 문명의 위기와 불안 의식을 세련된 터치로 노래했어요.

주인을 버리고 떠나버린 '목마'의 현실이 폐허와 절망으로 얼룩지기 이전에나 존재할 수 있었던, 과거의 세계를 대변하는 것이에요.

그럼에도 불구하고 그 목마는 '방울 소리'의 여운만 남겨둔 채 사라져버렸죠.

시 속 버지니아 울프는 소설 《등대》의 작가로, 전후의 허무감에 괴로워하다가 템즈강에 투신자살을 했죠.

버지니아 울프를 인용한 '목마와 숙녀'는 서정적 자아의 허무적이고 염세적인 심리 상태를 나타내고 있어요.

인생이란 어차피 별 의미도 없이 늘 바뀌는 '잡지의 표지' 같은 것인데, 무엇 때문에 두려워하고 한스러워하느냐고 자문해보기도 하죠.

우리는 '목마와 숙녀'를 통해 전쟁으로 인한 폐허, 그 불안과 무질서가 난무하는 혼란 속에서 치열한 생존 경쟁으로 지새던 1950년대 초의 젊은 시인의 자괴감을 엿볼 수 있어요.

박인환 시인은 훤칠한 키에 수려한 용모의 소유자였죠.

그는 한여름에도 정장 차림으로 다닐 만큼 당대 문인 중에서. 최고의 멋쟁이였어요.

서구 취향에 도시적 감성으로 무장한 그는 시에서도 누구보다 앞서간 날카로운 포스트 모더니스트였고요.

31세 때 심장마비로 세상을 떠난 박인환 시인은 강원도 인제에서 태어났어요.

그는 경성제일고보를 거쳐 평양의전을 중퇴하고 서울 종로에서 마리서사라는 서점을 경영하며 시를 쓰기 시작했어요.

술 조니워커와 카멜 담배를 좋아했던 그는 명동 백작, 댄디보이라 불렸죠.

그는 '목마와 숙녀'를 발표하고 5개월 뒤 세상을 떠났어요.

그 후 조카인 가수 박인희에 의해 그의 시는 세상에 널리 퍼졌답니다.

누군가는 지금 후미진 변두리 어느 카페에서 한 잔의 술을 마시고, 생명수를 달라며 요절했던 박인환의 생애와 시냇물처럼 흘러가버린 박인희의 목소리를 기억할지도 모르겠어요.

인생은 외롭지도 않고 그저 잡지 표지처럼 통속인 것을…….

목마이든 문학이든 인생이든 사랑의 진리든, 그 모든 것이

떠나거나 죽거나 하든 간에 가슴속 희미한 의식을 붙잡고 바람에 쓰러지는 술병을 바라다보아야 하는 것이 인생일지 몰라요.

그처럼 외롭게 죽어가는 것이 우리의 미래라면 그것마저도 담담히 받아들여야 하는 것이 인생 아닐까요.

빈
집

기형도

사랑을 잃고 나는 쓰네

잘 있거라, 짧았던 밤들아
창밖을 떠돌던 겨울 안개들아
아무것도 모르던 촛불들아, 잘 있거라
공포를 기다리던 흰 종이들아
망설임을 대신하던 눈물들아
잘 있거라, 더 이상 내 것이 아닌 열망들아

장님처럼 나 이제 더듬거리며 문을 잠그네
가엾은 내 사랑 빈집에 갇혔네

29세 나이로 짧은 생을 마감한 시인 기형도[1960-1989].

가난에 부대끼며 살다 간 그는 어릴 적 가족이 모두 일 나가고 없는 빈집에서 시를 쓰며 살았어요.

시인이 되고자 했던 유일한 소망은 그가 죽고 난 뒤 '입 속의 검은 잎'으로 이루어졌죠.

그의 대표작으로서 사람들에게 사랑받고 있는 시 '빈집'의 마지막 구절 '가엾은 내 사랑 빈집에 갇혔네'를 읽을 때면 기형도의 영혼이 아직도 빈집에 갇혀 방 안을 떠도는 것 같아요.

촛불을 밝혀 무언가를 고백하려는 마음, 가질 수도 버릴 수도 없는 사랑은 고통스럽죠.

'안을까, 내려놓을까' 한없이 망설이는 그의 애틋하고 단호한 마음은 분명 눈물을 불러냈을 거예요.

사랑한다는 것에는 고통이 동반하죠.

특히 간절함으로 고백한 사랑이 받아들여지지 않을 때는 더욱 그렇죠.

거절당한 후에 열리는 어둠의 문은 거절을 당해본 사람만이 알 수 있는 것.

이 시는 우선 그런 상황을 노래한 것 같아요.

어쩌면 시 속의 사랑은 거절당할 기회조차 얻지 못한 채 외면당했는지도 몰라요.

그래서 그 사랑을 '빈집'에 가둔다고 한 것 같아요.

간절한 사랑일수록 열망은 불타오르죠.

결국 '장님처럼' 눈을 감지만 눈을 감는다고 해서 사랑이 멀어지는 것은 아니죠.

집 안에 가둔다는 것은 어쩌면 애틋한 그 열망을 오래도록 보존하려는 아름다운 선택일지도 몰라요.

아름다운 추억 하나 가둬두고 나는 여기서 너는 거기서, 함께 있지 못해도 가둬두고 막아두어서라도 완벽할 만큼 말랑말랑했던 그때의 그 기억 속에 있고 싶은 애절한 마음이겠죠.

비록 사람은 떠나갔어도 그가 살던 집은 아픈 추억만을 안고 텅 빈 채로 남아 있을 테니까요.

장님처럼 나 이제 더듬거리며 문을 잠그네
가엾은 내 사랑 빈집에 갇혔네

고
독

라이너 마리아 릴케

고독은 비와 같다
고독은 바다에서 저녁을 향해 오른다
고독은 아득히 외딴 평원에서
언제나 외로이 하늘로 올라간다
그리고 우리의 생활로 떨어진다

동틀 녘에 고독은 비가 되어 내린다
모든 골목이 아침을 향할 때
아무것도 찾지 못한 육체와 육체가
실망하고 슬프게 헤어져갈 때
서로 미워하는 사람들이
한 침대에서 자야 할 때
고독은 강물과 함께 흐른다

고독의 시인 릴케는 '고독은 비와도 같다'라고 했는데요.

릴케는 《젊은 시인에게 보낸 편지》에서도 '시인이 시를 창조할 때 기본적으로 갖추어야 할 마음의 자세가 고독이다'라고 했어요.

독일에서 '고독Einsamkeit'이라는 말은 하나는 '외로움'이고 또 하나는 '고요함'이죠.

릴케는 두 가지 의미를 문학에 모두 사용했지만 '외로움'을 아주 중요한 개념으로 생각했어요.

릴케가 쓴 《로댕》의 첫 구절에 이런 말이 있어요.

'명성을 얻기 전 로댕은 고독했다. 그리고 나서 찾아온 명성은 아마도 그를 더 고독하게 했을 것이다. 명성이란 결국 하나의 새로운 이름 주위로 몰려드는 모든 오해의 총합에 지나지 않기 때문이다.'

이 말을 수십 번 되새김질했어요.

그리고 고개를 끄덕이며 한참 동안 우두커니 서서 멍하니 세상 풍경을 바라보았죠.

사람은 좋으나 싫으나 인간관계를 맺으며 위로 오르기도 하고, 아래로 추락하기도 하고, 또 견뎌내지 못해 외톨이의 삶을 택하기도 하죠.

프랑스의 소설가 로맹 롤랑은 '인간은 고독 속에 있을 때 가장 위대하고 많은 결실을 맺을 수 있다'라고 하면서 그 예로 베토벤을 꼽았죠.

고독과 고난 속에 있었던 베토벤의 삶이 오히려 수많은 불행한 사람들을 살게 하는 힘이 되었죠.

스스로 고독을 택해 자신만의 방을 만들고 평생을 예술 활동을 한 카프카, 빈센트 반 고흐도 있고요.

릴케는 젊은 시인에게 예술 작품이란 한없이 고독한 것이며, 고독을 사랑하고 견뎌내며, 고독을 자신의 의지처이자 고향으로 삼으라고 말하죠.

고독은 내가 선택하거나 버릴 수 있는 성격의 것이 아니죠.

우리는 근본적으로 고독한 존재임에도 마치 그렇지 않은 듯이 스스로를 속이곤 해요.

이런 점에서 릴케는 남녀의 사랑조차 두 연인이 서로가 서로의 고독을 지켜주는 파수꾼이 돼야 한다고 말했죠.

고독이라는 것은 인간만이 느끼는 감정이에요.

인간관계가 끊기면 고독이 찾아오고 지나치면 우울증에 빠지죠.

살다 보면 누구나 커다란 유혹과 절망에 빠질 때가 많아요.

무엇을 하든 군중 속에서도 고독을 느끼고요.

사람은 가장 고독할 때 자신의 민낯을 보게 되죠.

그처럼 고독도 삶의 과정이기에 존중해주어야 해요.

다만, 고독을 즐기되 자신의 모습을 잃어버릴 정도로 지나치게 몰입하지는 말아야 해요.

고독의 늪에 빠져 허우적거릴 때에는 좋아하는 음악을 듣거나 자연을 찾는 것이 좋아요.

그리고 억지로라도 내 말을 잘 들어주는 사람을 찾아 마음속의 것들을 쏟아내야 해요.

그것들을 쏟아내고 싶은 욕망이 충족되면 고독이 빠져나가고, 이내 몸속의 에너지는 맑아져 마음 또한 가벼워질 테니까요.

어쨌든 고독의 시인 릴케처럼 나에게 찾아온 고독을 신체의 일부라고 생각하며 친하게 지는 것이 최선의 방법인 것 같아요.

네가
그리우면
나는
울었다

고정희

길을 가다가 불현듯
가슴에 잉잉하게 차오르는 사람
네가 그리우면 나는 울었다

목을 길게 뽑고 두 눈을 깊게 뜨고
저 가슴 밑바닥에 고여 있는 저음으로 첼로를 켜며
비장한 밤의 첼로를 켜며
두 팔 가득 넘치는 외로움 너머로
네가 그리우면 나는 울었다

너를 향한 그리움이 불이 되는 날

나는 다시 바람으로 떠올라

그 불 다 사그라질 때까지

스스로 잠드는 법을 배우고

스스로 일어서는 법을 배우고

스스로 떠오르는 법을 익혔다

네가 태양으로 떠오르는 아침이면

나는 원목으로 언덕 위에 쓰러져

따스한 햇빛을 덮고 누웠고

달력 속에서 뚝, 뚝,

꽃잎 떨어지는 날이면

바람은 너의 숨결을 몰고 와

흑백의 어린 가지를 키웠다

그만큼 어디선가 희망이 자라 오르고
무심히 저무는 시간 속에서
누군가 내 이름을 호명하는 밤,
나는 너에게 가까이 가기 위하여
빗장 밖으로 사다리를 내렸다
수없는 나날이 셔터 속으로 사라졌다

내가 꿈의 현상소에 당도했을 때
오오 그러나 너는
그 어느 곳에서도 부재중이었다

달빛 아래서나 가로수 밑에서
불쑥불쑥 다가왔다가
이내 바람으로 흩어지는 너,
네가 그리우면 나는 울었다

지리산을 너무나 사랑하여 지리산을 그리워하며 살다가 결국 지리산 품으로 돌아간 시인 고정희1948-1991.

'네가 그리우면 나는 울었다, 너를 향한 기다림이 불이 되는 날, 나는 다시 바람으로 떠올라, 그 불 다 사그러질 때까지, 스스로 잠드는 법을 배우고, 스스로 일어서는 법을 배우고, 스스로 떠오르는 법을 익혔다.'

누구나 살면서 수백 번 그리워서 울 때가 있어요.

깊은 밤 저음의 첼로를 들으며 그리움을 토해내는 처절한 밤을 누구나 한 번쯤 지새우죠.

'그리움'이라는 추상명사는 예로부터 수많은 예술가의 영혼을 사로잡았던 단어예요.

강화에 사는 시인 함민복은 '끝내 심장을 포갤 수 없는 선천성 그리움'을 노래했으며 류시화 시인은 '그대가 곁에 있어도 그대가 그립다'라고 했죠.

누군가를 만나서 사랑하고 헤어지는 것, 그것은 시작과 끝이 아니라 예정된 사람과의 만남이고 이별이에요.

만남은 설렘이고 이별은 슬픔이지만, 시간이 흘러가면 영원히 잊지 못할 것 같던 사랑도 아릿한 그리움으로 남죠.

나를 울게 하던 사람이든 나를 춤추게 하던 사람이든, 사랑한다는 것은 삶의 부분이에요.

베로나의 연인 로미오와 줄리엣도, 백석 시인과 기생 자야도, 샤넬과 스트라빈스키도 그리움을 품은 운명 같은 사랑을 했죠.

첫사랑의 신화처럼 그저 낭만적인 과장법이 아니라 직설적으로 다가서죠.

일체감을 느끼고 싶어 하죠.

깊이 사랑하게 되면 서로를 흉내 내며 닮고 싶어 하죠.

그래서 '나'는 '너'를 애타게 찾으며 '너'가 되려 하고 '너'는 또 '나'를 애타게 찾으며 '내'가 되려고 하죠.

깊숙이 사랑하게 되면 '나'는 '너'로, '너'는 '나'로 거듭나죠.

그럼에도 사랑의 불꽃은 예정된 순서에 따라 천 개의 바람이 되어 날아갑니다.

애증이든 원망이든 찐한 그리움이든 반드시 떠나고 나서 흔적을 남기죠.

사랑이라는 것은 간절히 원해도 이루어지지 않아 마음 답답할 때가 있고 삶을 송두리째 흩뜨리는 때도 있죠.

그러나 사랑도 삶의 부분일 뿐, 사랑이 주는 그 모든 것이 또 조합되어 인생이라는 부분으로 완성되죠.

사랑이 동반하는 그 모든 그리움, 기다림, 아픔, 눈물, 환희도 마음으로 보듬어주면 추억의 한 꼭지로 남는 거죠.

먼 훗날 한 꼭지의 멋진 역사를 누군가가 펼쳐보게 되는지

도…….

쉬하라

첫
눈
오
는
날
만
나
자

정호승

첫눈 오는 날 만나자
어머니가 싸리빗자루로 쓸어놓은 눈길을 걸어
누구의 발자국 하나 찍히지 않은 순백의 골목을 지나
새들의 발자국 같은 흰 발자국을 남기며
첫눈 오는 날 만나기로 한 사람을 만나러 가자

팔짱을 끼고

더러 눈길에 미끄러지기도 하면서

가난한 아저씨가 연탄 화덕 앞에 쭈그리고 앉아

목장갑 낀 손으로 구워놓은 군밤을

더러 사먹기도 하면서

첫눈 오는 날 만나기로 한 사람을 만나

눈물이 나도록 웃으며 눈길을 걸어가자

사랑하는 사람들만이 첫눈을 기다린다

첫눈을 기다리는 사람들만이

첫눈 같은 세상이 오기를 기다린다

아직도 첫눈 오는 날 만나자고 약속하는 사람들 때문에

첫눈은 내린다

세상에 눈이 내린다는 것과

눈 내리는 거리를 걸을 수 있다는 것은

그 얼마나 큰 축복인가

첫눈 오는 날 만나자

첫눈 오는 날 만나기로 약속한 사람을 만나

커피를 마시고

눈 내리는 기차역 부근을 서성거리자

우리는 왜 첫눈이 오면 마음이 들뜨는 걸까요?

우리는 왜 첫눈이 오면 그렇게들 기뻐하는 걸까요?

우리는 왜 첫눈이 오는 날 사랑하는 사람을 만나고 싶어 하는 걸까요?

아마도 그건 첫눈이 기다리는 언약의 희망을 말해주기 때문일 거예요.

그래서 정호승[1950-] 시인이 말했듯, 누군가는 첫눈이 오는 날, 누군가를 그리워하며 기차역을 서성거리기도 하죠.

하얀 캔버스 속 순백의 세상에서 사람들은 눈을 맞으며 옛 추억을 생각하죠.

뜨겁게 사랑했던 기억, 분노로 들끓던 마음, 새하얀 세상에서 뒹굴며 눈사람을 만들던 기억 등등…….

어른은 어른대로, 아이는 아이대로 한 편의 기억을 불러내어 생각의 편린 속을 방황하죠.

마치 겨울을 알리는 신의 메일처럼 배달되죠.

가을이 채 떠나기 전에, 낙엽이 채 사라지기 전에 배달되기도 하죠.

준비 없이 예고 없이 찾아오는 사랑처럼 첫눈은 아름다운 손님이죠.

최영미 시인은 첫눈은 치한과도 같아 미처 피할 새도 없이 덮친다고 했어요.

릴케는 이렇게 노래했어요.

> 사랑이 어떻게 너에게로 왔는가.
> 햇살처럼 꽃보라처럼
> 혹은 기도처럼 왔는가.

같은 눈을 맞아도 사랑하는 이들에게 첫눈은 기도처럼 순결하게 느껴지죠.

사랑하는 이들에게 첫눈은 두 눈으로 들어와 입술을 설레게 하고 가슴을 붉게 물들이죠.

순결한 기다림 후의 애틋한 해후처럼 사랑을 고백하는 모두에게 첫눈은 수줍게 내리죠.

내가 첫사랑이라고 말하던 그의 입술에도, 내가 마지막 사랑이었으면 바라던 그의 입술에도 첫눈은 내리죠.

그리고 예정된 순서에 의해 또 어디로 흘러가죠.

취하라

4

삶이 너에게 해답을 가져다줄 것이다

어떤 왕의 충고

코맥

너무 똑똑하지도 말고, 너무 어리석지도 마라
너무 나서지도 말고, 너무 물러서지도 마라
너무 거만하지도 말고, 너무 겸손하지도 마라
너무 떠들지도 말고, 너무 침묵하지도 마라
너무 강하지도 말고, 너무 약하지도 마라

너무 똑똑하면 사람들이 많은 것을 기대할 것이다
너무 어리석으면 사람들이 속이려 할 것이다
너무 거만하면 까다로운 사람으로 여길 것이고,
너무 겸손하면 존중하지 않을 것이다
너무 말이 많으면 말에 무게가 없고,
너무 침묵하면 아무도 관심을 갖지 않을 것이다
너무 강하면 부러질 것이고,
너무 약하면 부서질 것이다

낙
화

이형기

가야 할 때가 언제인가를
분명히 알고 가는 이의
뒷모습은 얼마나 아름다운가

봄 한철
격정을 인내한
나의 사랑은 지고 있다

분분한 낙화
결별이 이룩하는 축복에 싸여
지금은 가야 할 때

무성한 녹음과 그리고
머지않아 열매 맺는
가을을 향하여
나의 청춘은 꽃답게 죽는다

헤어지자
섬세한 손길을 흔들며
하롱하롱 꽃잎이 지는 어느 날

나의 사랑, 나의 결별
샘터에 물 고인 듯 성숙하는
내 영혼의 슬픈 눈

삶이 너에게 해답을 가져다줄 것이다

이형기1933-2005 시인은 우리나라 문학사상 가장 어린 나이, 그러니까 17세에 등단한 인물로 유명한데요.

20대 초반에 쓴 시라서 그런지 무척 여성스럽다는 느낌이에요.

'낙화'는 '가야 할 때가 언제인가를 분명히 알고 가는 이의 뒷모습은 얼마나 아름다운가'에서 보듯 아름다운 이별의 반듯한 정의를 내려주는 듯하죠.

'낙화'는 첫 연에서부터 끌어당김을 법칙으로 몰입하게 만드는데요.

이 시와 어울리는 꽃을 꼽아본다면 가장 아름다울 때 추락하는 처연한 꽃, 동백이 아닐까 해요.

'그대만을 사랑해'라는 꽃말을 지닌 동백꽃은 겨울바람을 안고 피어나 가장 화려할 때에 눈물처럼 후두둑 떨어지죠.

봄바람을 안고 꽃을 피우는 벚나무는 꽃을 머리에 이고 있을 때가 가장 아름다워요.

꽃말이 순결이라고 하죠.

'낙화'는 가수 김광석의 노래 '서른 즈음에' 중 '매일 이별하며 살고 있구나'라는 가사를 떠올리게 해요.

시 속의 이별은 말 그대로 아름다운 이별을 상징하는데요.

'낙화' 속의 꽃이 나무와 이별하지만 씨와 열매를 남기기에 아름다운 이별인 거죠.

따라서 아름다운 이별이란 아픔의 고통을 인내해야만 가질 수 있는 의지가 포함되어 있는 거예요.

만약 꽃이 여자로 상징되었다면 마음에 두고 있던 한 여자에게 버림받은 실연의 아픔을 노래한 것이 되죠.

시인이 전하고 싶은 '낙화'의 메시지는 아름다운 이별만이 영혼의 성숙을 안겨준다는 거예요.

사람들은 참고 견디면 이 쓰라린 고통도 지나가고 맑고도 깨끗한 그 무엇이 찾아올 거라 믿기에 '고통의 인내'라는 관념을 정신 지주로 삼아 살아가는 거겠죠.

이별의 아름다운 합의는 무엇일까요?

'너를 죽도록 사랑했다'라는 한 문장을 남기고 아름답게 낡아갈 나의 이름이 되려면 어찌해야 하나요?

서성이고 허둥대는 내 생각 사이로 떨어지는 빗방울 소리는 산만한 생각의 숲을 빗질해주네요.

아름답게 이별해요.

미소 지으며 떠나요.

나 아니면 안 된다는 생각, 내가 돌보아주고 내가 간섭하지 않으면 안 된다는 생각을 떨쳐버려요.

이별을 두려워하지 말아요.

걱정하지 말고 떠나요.

남은 자는 당신이 아닌 다른 누군가가 돌볼 것이고, 그 누군가가 돌보지 않을지라도 스스로 잘 적응하면서 즐겁게 살아갈 거예요.

낙화처럼 인생은 멀지만 또 한순간이잖아요.

화려한 봄날은 가고 꽃이 진 자리에 어느새 푸르름이 가득할 거예요.

누군가가 길 끝에서 푸른 웃음 지으며 손 흔들고 있을 거예요.

낙화라는 것은 이별(죽음)이 아니라 새로운 시작(탄생)이에요.

'낙화'의 메시지는
아름다운 이별만이
영혼의 성숙을 안겨준다는 거예요.

삶이 너에게 해답을 가져다줄 것이다

곽재구

막차는 좀처럼 오지 않았다
대합실 밖에는 밤새 송이눈이 쌓이고
흰 보라 수수꽃 눈시린 유리창마다
톱밥난로가 지펴지고 있었다
그믐처럼 몇은 졸고
몇은 감기에 쿨럭이고
그리웠던 순간들을 생각하며 나는
한 줌의 톱밥을 불빛 속에 던져주었다
내면 깊숙이 할 말들은 가득해도
청색의 손바닥을 불빛 속에 적셔두고
모두들 아무 말도 하지 않았다
산다는 것이 때론 술에 취한 듯
한 두릅의 굴비 한 광주리의 사과를
만지작거리며 귀향하는 기분으로

침묵해야 한다는 것을

모두들 알고 있었다

오래 앓은 기침 소리와

쓴 약 같은 입술 담배 연기 속에서

싸륵싸륵 눈꽃은 쌓이고

그래 지금은 모두들

눈꽃의 화음에 귀를 적신다

자정 넘으면

낯설음도 뼈아픔도 다 설원인데

단풍잎 같은 몇 잎의 차창을 달고

밤열차는 또 어디로 흘러가는지

그리웠던 순간들을 호명하며 나는

한 줌의 눈물을 불빛 속에 던져주었다

곽재구1954~ 시인의 '사평역에서'는 교사 시절 학생들에게 가장 많이 들려주었던 시 중 하나인데요.

이 시는 20대 초반에 쓴 작품인지라 20대의 감성이 그대로 묻어 있어요.

'막차는 좀처럼 오지 않았다'로 시작해 '그리웠던 순간을 호명하며 나는 한줌의 눈물을 불빛 속에 던져 주었다'로 끝나는 27줄 시의 파괴력은 대단하죠.

특히 첫눈 오는 날이면 그리운 사람을 떠올리며 낭송하는 사람들을 주변에서 보곤 해요.

아름다운 겨울날의 풍경화 같은 시.

문학 작품에서 첫 문장이 지니는 영향력은 한 사람을 처음 만났을 때 느끼는 첫인상과 같이 엄청난 힘을 발휘하죠.

곽재구 시인의 '사평역에서'도 '막차는 좀처럼 오지 않았다'는 첫 문장에 가끔 가슴이 철렁 내려앉을 때가 있어요.

막차 타고 오는 사랑하는 사람을 기다릴 때에는 안달이 나고 막차를 타기 위해 새우등처럼 구부러진 노인을 만날 때면 마음이 짠해지죠.

어쨌든 '사평역'이라는 가상의 역을 놓고 마지막 열차를 대합실에서 기다리는 소시민의 애환을 담은 작품이에요.

삶에 지친 사람들이 모여 마지막 기차를 기다리는 대합실의 풍경이기에 대부분이 공감하는 거죠.

소시민의 고단함을 톱밥난로를 통해 따뜻하게 위로하죠.

'산다는 것이 때론 술에 취한 듯 한 두릅의 굴비 한 광주리의 사과를 만지작거리며 귀향하는 기분으로 침묵해야 한다는 것을'에서는 좀처럼 오지 않는 막차를 기다리며 대합실에 앉아 침묵하는 소시민의 애환을 담았죠.

그럼에도 삶의 무게나 고통에 대한 말 뱉어내지 못한 채 침묵하죠.

그러나 마지막에 '자정 넘으면 낯설음도 뼈아픔도 다 설원인데 단풍잎 같은 몇 잎의 차창을 달고 밤열차는 또 어디로 흘러가는지 그리웠던 순간들을 호명하며 나는 한 줌의 눈물을 불빛 속에 던져주었다' 하면서 가난하고 고단한 삶을 에둘러 표현하고 있어요.

어쨌거나 시인이 고통·절망·고픔·그리움 같은 것들을 절절하게 체험했기에 이런 시가 창조된 거죠.

언젠가 시인이 한 일간지 인터뷰에서 이렇게 말했어요.

"시인이 눈물 백 방울을 흘리며 절실하게 시를 써야 독자들은 눈물 한두 방울 흘릴까 말까"라고…….

삶이 너에게 해답을 가져다줄 것이다

한세상을 살면서 고프지 않은 사람은 없어요.

누구는 배가 고파서 힘들고, 누구는 사랑이 고파서 울고, 누구는 마음이 고파서 못 견디죠.

인생의 가을에 도착할 무렵이면 느끼게 될 거예요.

삶의 절반은 땀으로 채워지고 나머지 절반은 눈물로 채워진다는 걸요.

곽재구 시인의 '사평역에서'는 삶의 의미를 곱씹어보게 하는 시 한 편이 아닐까 해요.

에크하르트 톨레

생각으로는 문제를 풀 수 없다
오히려 문제를 더욱 복잡하게 만들 뿐
해답은 언제나 스스로 우리를 찾아온다
복잡한 생각에서 한 걸음 벗어나
고요함 속에 진정으로 존재하는
바로 그 순간에 온다
비록 찰나에 지나지 않는다 할지라도
그 순간 해답을 얻게 된다

지나치게 깊은 생각에서 벗어나라

그러면 모든 것이 변하리라

자신을 남과 비교하거나

더 많은 것을 이루려 애쓰지 마라

모든 이를 있는 그대로의 모습으로 받아들여라

그들을 변화시킬 필요가 없다

당신이 행복해지기 위해

그들을 이용할 필요가 없다

미래에 대한 생각으로

불충분한 자신의 존재가 완벽해지기를 꿈꾸지 마라

강박관념에 사로잡혀 더 많은 것을 추구하려 할 뿐이다

불행해지는 방법에는 두 가지가 있다

원하는 것을 갖지 못하는 것과

원하는 것을 모두 갖는 것이다

에크하르트 톨레[1948~]는 말해요.

'자신을 남과 비교하거나 더 많은 것을 이루려 애쓰지 마라, 불행해지는 방법에는 두 가지가 있다, 원하는 것을 갖지 못하는 것과 원하는 것을 모두 갖는 것이다.'

누구나 단 한 번 사는 인생의 기회를 가질 뿐이에요.

그렇다면 잘 사는 방법은 '남답게' 사는 것이 아니라 '나답게' 사는 거겠죠.

'나답게' 사는 것이란 어떻게 사는 걸까요?

씨앗은 씨앗으로 남고 싶어 하지 않죠.

나무가 되어 하늘로 치솟고 싶어 하죠.

마찬가지로 우리 인생도 야망을 품되, 이룰 수 있을 만큼 품어야 하고 그것을 향해 치밀하게 계획하고 정성을 다해 실천해야죠.

가능과 불가능의 경계에서 올바른 선택을 하면 목표한 것은 이루어지게 되어 있어요.

실패하는 이유는 목표치를 너무 높이 잡았기 때문이에요.

목표하는 야망이 이루어지면 삶에 희망이 가득하고 이루어지지 않으면 비참해지죠.

지식은 책을 통해 배울 수 있지만 삶은 오로지 경험을 통해 배울 수 있어요.

한 치 앞의 일도 알 수 없으니까요.

무엇이든 새로운 경험이에요.

어제의 아침과 오늘의 아침이 같아 보이지만 일어나는 모든 현상이 다르니까요.

지금 죽도록 행복해하는 사람도 한 시간 후에 무슨 일이 일어날지 몰라요.

희망하는 일보다 희망하지 않는 일이 너무 많이 일어나는 게 인생이에요.

언제 어떻게 왔다가 사라질지 모르는 만큼, 우리가 의지하는 것은 희망이라는 불빛이죠.

제각기 자신의 몫만큼 끌어안은 채 걷다가 달리다가 쉬다가 간절하게 조심조심 생의 가장자리를 지나가는 거죠.

얻고 잃고 기억하고 잊고, 때로는 즐겁게 살아가며 때로는 힘겹게 견디며 목적지를 향해 나아가는 거예요.

내 삶의 해답은 누구도 알려줄 수 없어요.

살면서 바꿔가며 맞춰가며 스스로 만들어가는 거예요.

인생이 내가 원하는 대로만 흘러가주면 좋겠지만 절대 만만하지 않잖아요.

그럴 때는 있는 그대로 받아들이는 거예요.

어제가 만들어준 지금의 내 모습에 만족할 때 처음의 순수한 모습으로 돌아가게 되고 만족의 꽃은 피어나죠.

인도의 민족운동 지도자 간디는 말했어요.

"네 믿음은 네 생각이 된다. 네 생각은 네 말이 된다. 네 말은 네 행동이 된다. 네 행동은 네 습관이 된다. 네 습관은 네 가치가 된다. 네 가치는 네 운명이 된다."

무엇을 하든 매 순간 '나는 누구인가, 지금 어디로 가고 있는 가'를 자문하며 산다면 삶에 대한 진정한 해답도 빨리 찾을 수 있을 거예요.

그 해답은 질문 안에 존재하니까요.

질문의 가장 중심에 해답이 있으니까요.

진실한 질문 속에는 단단한 껍질 안에 쌓여 있는 부드러운 해답이 있어요.

다만, 진실한 질문에 행동으로 대답하는 사람에게만 보이는 거죠.

질문에 진실하게 답하며 정직하게 실천한다면 그 삶이 바로 해답이 되는 거죠.

결론적으로 말하면 삶의 해답은 살면서 실천을 통해 스스로 만들어가는 거예요.

삶이 너에게 해답을 가져다줄 것이다

인
생
은

작
은

것
들
로

이
루
어
졌
다

메리 하트먼

인생은 작은 것들로 이루어졌다
커다란 희생이나 의무가 아니라
미소와 많은 즐거운 말들이
우리의 인생을 아름다움으로 채워준다

마음 아파하는 것은 그것이 오가는 동안의
위장된 축복에 지나지 않는다
시간이 인생의 페이지를 넘기면
우리에게 커다란 놀라움을 보여줄 것이므로

메리 하트먼은 '인생은 작은 것들로 이루어졌다 커다란 희생
이나 의무가 아니라 미소와 많은 즐거운 말들이 우리의 인생
을 아름다움으로 채워준다'라고 했어요.
무언가를 처음 시작할 때는 어두운 동굴 속을 헤매는 것처럼
답답하고 두렵죠.
초심의 자세로 매사 임한다면 어두운 동굴도 희망으로 곧 밝
아질 거예요.
누구나 인생의 시작은 아주 작은 한 걸음을 떼는 거예요.
어느 날 갑자기 만들어지는 완벽한 인생이란 없어요.
"사소한 것들이 모여 완벽함을 낳는다"는 미켈란젤로의 말처
럼 작은 과정 하나하나가 모여 '나다운' 인생을 만드는 거예요.
또 인생은 도미노와 같죠.
하나가 무너지면 옆에 것들이 연이어 무너지고 결국 모든 것
이 땡, 소리 나게 바닥을 치니까요.
하나씩 차근차근 크기에 맞게 돌탑을 쌓듯 정성을 기울인다
면 기초는 단단해지겠지요.

삶이 너에게 해답을 가져다줄 것이다

무엇보다 중요한 것은 끊임없는 도전이에요.

오늘의 멋진 실천이 내일의 기적을 낳으니까요.

게임에는 한 방이 통할지 몰라도 인생에는 한 방이 통하지 않는다는 진리를 기억해야 해요.

최악의 실패를 경험한 후에 남는 것은 무엇일까요?

그것은 죽음을 선택하지 않는 한 주어진 일을 해야 한다는 거예요.

반복적으로 실패를 겪었다면 이렇게 조언하고 싶어요.

"다시 한 번 해보라. 그것이 작은 성공을 거둔다면 또 다른 한 번의 동기가 돼줄 것이고 그런 동기들이 모여 기적을 만들어낸다"라고!

에디슨은 백열전구를 발명하면서 무수한 실패를 경험하고도 "실패한 것이 아니라 시도해도 소용없는 만 번의 사례를 발견했을 뿐"이라며 자신을 채찍질했죠.

미리암 레빗은 말했어요.

인생은 커다란 상점 같은 것이다.

오른쪽과 왼쪽에는 카운터가 각각 하나씩 있다.

오른쪽 카운터는 '행복'이라는 커다란 간판이 붙어 있다.

그곳을 찾는 우리는 기분 좋게 해주는 생각들을 살 수 있다.

왼쪽 카운터에는 '불행'이라는 간판이 붙어 있다.

그곳에서는 기분 나쁘게 하는 생각을 살 수 있다.

그 둘 중에서 어느 쪽을 선택하느냐는 우리의 몫이다.

결국 어떤 인생을 선택하느냐는 나의 몫이고 어떤 선택을 하든 정답을 증명할 방법은 없어요.

다만, 자신이 선택한 길이 진리라고 믿으면 되는 거예요.

'믿다'의 영어 단어 'belief'는 '자신에게 소중한 것lieben을 헤아려 알고, 그것들을 삶의 우선순위로 놓고 지키려는 삶의 태도'이지요.

멋진 인생의 기본은 자기 확신이에요.

바닥까지 내려가도 절망하지 말아야 해요.

바닥에서 다시 위로 올라가는 통로를 찾으면 되니까요.

"바람에 굴복하면 바람에 몸을 실을 수 있다"는 토니 모리슨의 말처럼 실패를 인정하는 것이 위로 향하는 출구를 찾는 데 도움이 돼요.

실패를 인정하되 생각까지 굴복당하지만 않으면 돼요.

그리고 다시 선택한 지금의 이 길을 용기 있게 걸어가면 되는 거예요.

인생 두 번은 없으니까요.

가
지
않
은
길

로버트 프로스트

노란 숲속에 길이 두 갈래로 났었습니다.
나는 두 길을 다 가지 못하는 것을 안타깝게 생각하면서,
오랫동안 서서 한 길이 굽어 꺾여 내려간 데까지,
바라다볼 수 있는 데까지 멀리 바라다보았습니다.

그리고 똑같이 아름다운 다른 길을 택했습니다.
그 길에는 풀이 더 있고 사람이 걸은 자취가 적어,
아마 더 걸어야 될 길이라고 나는 생각했었던 게지요.
그 길을 걸으므로, 그 길도 거의 같아질 것이지만.

그날 아침 두 길에는
낙엽을 밟은 자취는 없었습니다.
나는 다음 날을 위하여 한 길은 남겨 두었습니다.
길은 길에 연하여 끝없으므로,
내가 다시 돌아올 것을 의심하면서.

먼 훗날에 나는 어디선가
한숨을 쉬며 이야기할 것입니다.
숲속에 두 갈래 길이 있었다고,
나는 사람이 적게 간 길을 택하였다고,
그리고 그것 때문에 모든 것이 달라졌다고.

삶이 너에게 해답을 가져다줄 것이다

미국인들이 사랑하는 로버트 프로스트[1874-1963]의 시 '가지 않은 길'을 읽으면 아련한 한때가 떠오르는데요.

묵상에 빠지기도, 때로는 회한에 잠기기도 해요.

시인의 작품에는 평화로운 전원을 노래한 시가 많은데요.

안타깝게도 평생 우울증과 싸우다가 심근경색으로 세상을 떠났죠.

묘비에는 그의 시에서 발췌한 시구가 새겨져 있어요.

'나는 세상과 사랑싸움을 해왔노라.'

프로스트의 시에서처럼 인생은 태어나서 죽을 때까지 끝없는 선택의 연속인 것 같아요.

순간의 선택이 최선을 바라고 내린 결정이지만 결과는 반드시 원하는 대로 나오지 않으니까요.

나만의 '전설傳說'을 만들겠다며 망설이고 선택하고 다시 돌아보는 것이 인간의 운명인 듯, 한길을 가다 보면 살아보지 못한 다른 한길에 대한 미련이 아련하게 남는 거죠.

사막을 아름답게 하는 오아시스처럼 인생에는 내가 알지 못하는 수많은 희망의 길들이 숨어 있어요.

걸어가는 한 걸음 한 걸음이 내가 원하는 여행의 과정이자 목적지가 되는 거예요.

그래서 이 걸음은 즐거워야 하고 동시에 단호해야 해요.

항상 나만의 전설을 위해 가장 큰 장애물이 되는 것을 찾아내어 넘어지지 않도록 제거해야죠.

누구나 스무 살이 넘어서 맞게 되는 삶은 모두 자신이 선택한 결과예요.

어제의 선택이 현재의 나를 있게 했고 오늘의 선택은 미래의 나를 새롭게 만들어가죠.

어떤 길이든 자신의 엄격한 가치관으로 선택하기도 하고, 아니면 가족의 권유에 못 이겨 선택하는 경우도 있죠.

또 자신도 모르게 그리로 발길을 옮기게 되는 경우도 있을 거예요.

그러나 어떤 경우든 두 길을 한꺼번에 선택할 권리는 누구에게도 없어요.

그리고 그것이 좋든 나쁘든 내가 택한 길은 내가 책임을 질 수밖에 없어요.

누군가가 이런 말을 했어요.

인생에는 중요한 세 가지의 선택이 있다고!

하나는 학교 선택이고, 다른 하나는 결혼 상대에 대한 선택이고, 마지막 하나는 직업을 선택하는 것이라고!

삶이 너에게 해답을 가지다줄 것이다

어느 하나도 소홀히 할 수 없는 선택이죠.

'가지 않은 길'에서 보듯 우리는 항상 가지 못한 길을 아쉬워해요.

가지 않은 길을 진정 원했지만 두려움 때문에 결국 많은 사람이 지나간 길을 따라가게 되는 경우가 많죠.

그리고 먼 훗날 후회하죠.

선택하지 못했던 길에 대한 아쉬움과 미련이 남을 수밖에 없어요.

프로스트는 '가지 않은 길'에서 선택하지 못했던 길에 대한 아쉬움이 아니라 선택한 길에 대한 열정을 강조하고 있어요.

어느 쪽의 길을 선택하든 너무 따지지 말고, 그렇다 하여 애써 자책도 하지 말고, 최선을 다해 살아보라는 거죠.

사는 것은 다 비슷해요.

곧은길을 가다가도 여러 갈래의 길을 만나 혼돈스러운 선택을 해야 하고, 잘 닦인 길을 가다가도 비포장도로를 만나거나 길 없는 곳에서 새로운 길을 만들어 나아가야 하죠.

때로는 신을 벗어 들고 개울 같은 곳을 건너야 할 때도 있어요.

굴곡진 삶을 견뎌내고 돌아보면 내 삶도 참 아름답고 행복했다 말할 수가 있어요.

인생이라는 길 위에 뿌려진 눈물과 웃음들이 모여 내 삶의 역사가 되는 거죠.

셰익스피어나 베토벤처럼 대단하지 않아도 잔잔한 느낌표

를 남기는 나름의 여백이 만들어지니까요.

성실하게, 진실하게, 최선을 다해 살아간다면 한 편의 아름다운 역사를 남기는 나만의 책이 완성될 거예요.

안개 속 같은 인생길에서도 살 만한 것은 허기진 배를 부여안아도 배불리 먹을 수 있을 거라는 희망을 믿기 때문이죠.

그 하나의 확신이 있기에 넘어져도 일어나 도전하고 다시 쓰러져도 또 일어나게 되는 거예요.

가장 중요한 것은 한 번의 선택이 운명을 바꾼다는 사실이에요.

그래서 신중하게 선택하되 과정은 즐겁고 당당하게 나아가며 결과도 겸허히 받아들여야죠.

연습 없이 태어나서 실습 없이 죽는 단 한 번의 인생, 모든 것을 껴안으며 죽도록 사랑하다가 가야죠.

가장 높이, 가장 멀리, 가장 오래 나는 내 인생의 앨버트로스 Albatrosss가 되어!

삶이 너에게 해답을 가져다줄 것이다

회
상

알프레드 드 뮈세

보면 눈물이 흐를 것을 알면서 나는 여기 왔노니
영원히 성스러운 장소여, 괴로움을 각오했는데도
오오, 더할 나위 없이 그립고 또한 은밀하게
회상을 자아내는 그리운 곳이여!

그대들은 왜 이 고독을 만류했는가
친구들이여, 왜 내 손을 잡으며 만류했는가
정겨운 오랜 습관이 이 길을 걸어가라고
나에게 가르쳐주었던 때에

여기였다, 이 언덕, 이 꽃 피는 히드의 풀밭
말없는 모래밭에 남아 있는 은빛으로 만나는 발자취
사랑 어린 오솔길, 속삭임이 넘쳤고 그녀의 팔은
힘껏 나를 끌어안고 있었다

여기였다, 이 초록색 잎사귀 우거진 떡갈나무숲
굽이굽이 굽이쳐 있는 이 깊은 협곡
이 야생의 친구들, 옛날 그들의 속삭임에
마음 하느작이던 아름다운 나날

여기였다, 이 숲속, 지금도 걸으면 청춘은
발자국 소리 따라 한 떼의 새처럼 계속 노래한다
매혹의 땅이여, 아름다운 황야, 여인들의 산책길이여
나를 기다리고 있지 않았던가?

아아! 흐르는 대로 내버려 두고 싶은
아직 상처 고쳐지지 않은 마음에서 솟아오르는 이 눈물!
사정 보지 말고 그대로 멈추게 하라, 나의 눈에
옛날을 숨겨주는 이 너울!

내 행복을 지켜주는 이 숲의 메아리 속에
애석한 마음을 외치러 온 것은 아니다
아름답게도 고요히 있는 이 숲이 자랑스러울 때
내 마음 역시 자랑스러운 것이다

삶이 너에게 해답을 가져다줄 것이다

프랑스가 낳은 사랑의 시인 알프레드 드 뮈세[1810~1857].

그는 23세에 운명적으로 만난 여인 조르주 상드와 사랑에 빠지죠.

그녀는 이미 30세의 유부녀로, 가정에서 뛰쳐나와 소설가가 되어 있었죠.

그들은 파리 근교에서 사랑을 나누다가 결국 이탈리아 베네치아로 도피여행을 떠나요.

뮈세가 그곳에서 중병에 걸려 거의 죽을 지경에 이르자 상드는 헌신적으로 간호를 하지만, 이내 뮈세의 주치의와 또 다른 사랑을 하게 되는데요.

뮈세는 절망과 질투에 사로잡혀 죽으려고 했으나, 병든 몸으로 파리로 귀국, 결국 상드와는 영원히 이별하죠.

이 무렵 사랑과 갈등에 대해서 뮈세는 《세기아의 고백》이라는 책을 썼고, 상드는 《그 여자와 그 남자》라는 책을 썼어요.

뮈세는 지나친 음주, 무절제한 생활로 말미암아 정신과 육체는 만신창이가 되고 결국 47세의 나이로 생을 마감해요.

파리의 근교 몽마르트르 근처에 묻혀 있는 그의 곁에는 생전의 바람대로 한 그루의 버드나무가 심겨 있어요.

묘비에는 이렇게 적혀 있죠.

'내가 죽거든, 내 친구들이여, 무덤 위에 버드나무 한 그루 심어주오. 나는 그 늘어진 잎새를 좋아하며, 그 푸른 빛깔은 부드럽고 다정해, 내가 잠자는 땅 위에, 산뜻한 그림자를 드리울 거요.'

뮈세는 향락과 방탕 속에서 생활했어요.

그래서 사회적으로 또 도덕적으로 결여된 삶을 살았죠.

하지만 사랑의 본질을 추구하고 그 고뇌를 체험하면서 그 고통에서 벗어나려 했고 그 가치에 대한 시를 써 독자들의 마음을 울렸어요.

다시 말해 불행한 사랑 체험이 오히려 위대한 사랑의 시인을 탄생시킨 거죠.

'시린 한 방울의 눈물로 진주를 만드는 것', '삶은 잠, 사랑은 그 꿈'이라는 말로 세상을 뒤흔들었던 뮈세!

사랑의 추억은 그 어떤 행복보다 감미로웠다고 믿었던 그는 옛날 사랑을 주고받았던 곳에 돌아가서는 노래했어요.

"나는 단지 이렇게 말하리라. 이때 이곳에서 한때 나는 사랑받았고, 사랑했고, 그녀는 아름다웠다. 나는 이 보물을 내 영원한 영혼 속에 묻고 하늘나라로 가져가리라."

삶이 너에게 해답을 가져다줄 것이다

혼
자
가
는
길

헤르만 헤세

땅 위엔 크고 작은 길 여럿 있지만
목표하는 곳은 모두 같다

가까이나 멀리 갈 수 있고
둘이나 셋이 갈 수 있지만

마지막 한 걸음은
자기 혼자서 가야만 한다

아무리 싫은 일이라도
혼자서 하는 일보다 더 나은
지혜도 능력도 없기 때문이다

《데미안》,《유리알 유희》,《수레바퀴 아래서》 등으로 세상 사람들을 사로잡은 헤세의 시 작품 중에서 '혼자 가는 길'은 고독한 우리의 인생을 노래한 작품이라 더욱 의미가 있어요.

소설 《데미안》에 나오는 다음의 문구는 현대문학사에서 가장 많이 인용되고 있는 명문이기도 하죠.

'새는 알을 깨고 나오려고 투쟁한다. 알은 세계이다. 태어나려는 자는 하나의 세계를 깨뜨려야 한다.'

삶이 힘겹거나 헐겁게 느껴질 때 이 문구를 대하면 용기를 얻고 새로이 도전하게 되죠.

누구든 하루에도 몇 번씩 내 안의 나와 싸워야 하고, 스스로를 제어하려면 내 안의 힘을 키워야 하는데요.

단단한 나를 만나는 일은 쉽지 않죠.

내 안의 두려움을 떨쳐내고 한계를 극복하는 힘을 발견하기란 쉽지 않아요.

그럼에도 한계를 극복해야 내가 바라는 다음 세상으로 가게 된답니다.

삶이 너에게 해답을 가져다줄 것이다

이 시에서 '마지막 한 걸음은 자기 혼자서 가야만 한다'라는 문구는 강렬하면서도 마음이 짠한데요.

어떤 일을 하든 첫걸음도 마지막 한 걸음도 나의 몫이라는 거죠.

알에서 깨어나 창공으로 날아오르고 싶어 하는 내 안의 아프락사스를 만나고 싶다면 홀로 당당해야죠.

비록 고통을 안을지라도 화려한 비상을 위해 한계를, 장애물을 뛰어넘어야 해요.

그것이 바로 멋진 성장이죠.

이 시에서처럼 인생은 많은 사람과 더불어 가는 것 같아도 결국 혼자 가는 여행이에요.

외롭게 가는 인생길은 기다림과 만나는 시간이에요.

때로는 길게 느껴지기도 하고 때로는 짧게 느껴지기도 하는 시간이죠.

치열하게 기뻐하기도 하나 고독 속에서 외롭게 숨어 울기도 하죠.

그 모든 시간이 경험에서 만나는 깨달음의 시간이에요.

기다림의 저 앞에는 기다림을 받아들여야 하는 현실이 있죠.

더 깊이 깨달아 내면의 자신과 만나기 위해서는 아픈 기다림이든 기쁜 기다림이든 기다림 속에 영혼과 함께 몸을 푹 잠길 정도로 담가야 해요.

누구나 목표하는 것은 '행복'이 머무는 천국에 더 많이 머물다 가는 거죠.

그 길에 둘이나 셋이 갈 수 있지만 결국 마지막 한 걸음은 혼자 가야만 해요.

화려하게 꽃 피우고 아름답게 지기 위해 희망하며 환희하며 사랑하며 후회하며, 웃다가 울다가 쓰러져 눕다가 다시 일어나다가 그렇게 치열히 살다 가는 거죠.

홀로 가는 인생길, 결코 외롭지도 슬프지도 않아요.

다만, 누구에 기대어서가 아니라 스스로 알에서 깨어나 창공으로 멋지게 비상하는 당당한 '아프락사스'가 되어야 해요.

저 혼자 뿌리를 내어 열매 맺는 나무처럼 당당히 존재감을 드러내며 나답게 살아야죠.

그래야만 마지막 한 걸음을 멈추어 지난날을 회상할 때 "이토록 아름다운 세상에서 참 멋진 인생을 살았어"하며 기쁨의 눈물을 흘릴 수 있을 거예요.

그리고 세상에서 가장 아름다운 모습으로 편안히 잠들 거예요, 당신도.

귀
천

천상병

나 하늘로 돌아가리라
새벽빛 와 닿으면 스러지는
이슬 더불어 손에 손을 잡고

나 하늘로 돌아가리라
노을빛 함께 단둘이서
기슭에서 놀다가 구름 손짓하면은

나 하늘로 돌아가리라
아름다운 이 세상 소풍 끝내는 날
가서, 아름다웠더라고 말하리라

소풍 온 세상을 떠나 고향인 하늘로 돌아간다는 '귀천歸天'의 작가, 하루치의 막걸리와 담배만 있다면 행복하다고 말하던 순수시인 천상병1930-1993.

생전의 그는 아내와 함께 서울 인사동에서 '귀천'이라는 조그만 전통찻집을 운영했어요.

굴곡 많았던 시인은 서울대학교 상대에 입학한 수재였죠.

스무 살 약관의 나이에 데뷔한 천재시인이었고요.

그런데 이 순수하고 재능 가득한 청년에게 인생은 모진 쓴맛을 보여주죠.

공산주의 혁명을 계획했다는 동백림 사건에 연루돼 감옥에 가게 되고, 반년 후에는 무죄로 석방되었지만 그의 몸은 이미 만신창이였죠.

'나 하늘로 돌아가리라'라고 시작하는 첫 행부터 삶의 애잔함이 묻어 있어요.

그의 시는 가장 낮은 곳에서 몸부림친 생生의 시라고 믿을 수 없을 만큼 순수하고 정직해요.

삶이 너에게 해답을 가지다줄 것이다

과연 그는 이 시에서 무엇을 말하려 했을까요?

그는 인생을 소풍에 비유했어요.

몸은 가난하고 고통 속에 살면서도 남 탓을 하지 않고 내 탓으로 돌리며 매사 긍정적으로 받아들이죠.

어쩌면 가난했지만 세속의 욕심을 다 내려놓고 가난을 친구삼아 살다 보니 마음은 편안하지 않았을까 싶어요.

그러나 죽는다는 것, 하늘로 돌아간다는 자체가 슬픔과 애잔함이 묻어 있으니까요.

그에게도 산다는 것이 마냥 즐겁고 행복한 것만은 아니었겠죠.

시인은 죽을 때까지 아무도 탓하지 않았어요.

대신 그는 못난 시인의 곁을 지켜주는 아내를 사랑했고, 아이들을 위한 동시를 썼고, 이 모질고 험난한 세상을 보듬고 사랑해주었어요.

그에게 아무것도 남겨주지 못한 허망한 세월을 소풍 삼아, 그에게 상처만 가득 안겨준 인생을 놀이터 삼아 고통과 좌절과 슬픔을 딛고 한세상 철없이 노래하며 아름다운 시인의 모습을 남긴 채 떠났죠.

시인이 목숨보다 아끼고 사랑했던 아내가 세상을 떠나, 지금 그 찻집은 조카가 운영한다고 하는데요.

이곳 벽에는 '나는 세계에서 제일 행복한 사나이다'라고 시작하는 '행복'이라는 시가 걸려 있다고 해요.

불행한 시대를 살았으면서도 남 탓을 하지 않고 해맑은 웃음과 순수한 시를 남긴 채 하늘로 돌아간 시인.

시인은 늘 세상의 시선에 자신을 맞춰 살지 않고 자신의 시선으로 자기만의 둥지를 짓고 살았기에 평생 소풍처럼 즐겁게 살았다고 말한 것 같아요.

행복은 눈으로 보는 것이 아니라 마음으로 느끼는 것이니까요.

분명 천상병 시인은 '새'라는 그의 시에서처럼 자유로운 영혼을 가진 한 마리 새가 되어 한때 소풍 온 세상을 기웃거리겠죠.

'살아서 좋은 일도 있었다고 나쁜 일도 있었다고 그렇게 우는 한 마리 새'

지금, 자유로운 영혼을 가진 한 마리 새가 되어 웃으며 여행하고 있을지도 모르겠어요.

삶이 너에게 해답을 가져다줄 것이다

5

이
또
한
지
나
가
리
라

울지 마라

김정한

울지 마라
힘들고 아프고 슬퍼도
그 또한 지나가게 되어 있다
그러니 초조해하지 마라
니가 한 걸음씩 나아갈 수 있도록
내가 너의 곁을 지킬 테니

삶
이
그
대
를
속
일
지
라
도

알렉산드르 푸시킨

삶이 그대를 속일지라도
슬퍼하거나 노하지 말라!
슬픈 날을 참고 견디면
기쁜 날이 오고야 말리니

마음은 미래에 살고
현재는 언제나 슬픈 것
모든 것은 순식간에 지나가고
지나간 것은 또다시 그리움이 되나니

푸시킨의 시 '삶이 그대를 속일지라도'는 학창 시절 누구나 대망의 꿈을 안고 한 번쯤 읊조렸을 거예요.

삶의 고달픔을 간명하고 아름답게 위로해줌으로써 세기를 초월하여 지금까지도 많은 이에게 애송되고 있는데요.

긍정적 자세로 살면 현재 고통스러운 삶도 지나가고 좋은 날이 온다고 노래하죠.

'삶이 그대를 속일지라도 슬퍼하거나 노하지 말라!'

시에서는 다소 달관자적인 자세로 시어를 풀어냈지만 사실, 그의 삶은 치열했어요.

시인은 그의 시 '당신을 사랑했소'를 쓰게 만든 첫사랑 올레니나를 가슴에 묻고 사교계에서 이름을 날리던 나탈리야 곤야로바와 결혼을 하죠.

그러나 얼마 안 가서 아내와 치정관계였던 귀족 조지 단테스와의 싸움 끝에 총상을 입고 38세 나이로 세상을 떠나요.

'인생'에 대한 배신감이 진하게 배어 있는 이 시를 읽노라면, 참으로 산다는 것이 고난의 연속임을 인정하지 않을 수 없

이 또한 지나가리라

어요.

이 시를 통해 푸시킨은 배신감, 절망과 고통으로 점철된 질곡의 인생일지라도 그것을 받아들이며 인내하라고 당부하죠.

과연 불시에 맞닥뜨리는 인생의 질곡을 어떻게 견뎌내야 할까요?

그것은 단단한 마음이겠죠.

푸시킨은 '마음은 미래에 살고, 현재는 언제나 슬픈 것, 모든 것은 순식간에 지나가고, 지나간 것은 또다시 그리움이 되나니'라고 했어요.

슬픈 현재지만 꿋꿋이 이겨내고 나면 밝은 미래가 찾아오고 또 고통의 시간은 추억이 되는 거죠.

그리운 아름다운 추억 말이에요.

푸시킨은 불안하고 두려운 현실에서도 인간 영혼의 본성을 무던히 신뢰하며 삶을 긍정하려 했어요.

그는 오로지 현실이라는 불안의 늪을 건너 소망스러운 미래를 만나고자 했죠.

삶에 서툴러 좌절하거나 절망하여 다 포기하고 싶을 때 '삶이 그대를 속일지라도'를 되뇌어보세요.

이 시는 실패한 뒤 다시 일어나려는 그 누구에게든 위안과 용기를 주는 시예요.

어떤 삶이든 추구하는 것과 현실 사이에는 엄청난 차이가 있어요.

간단히 말해서 취미 혹은 특기를 살려 그것이 직업으로 이어지는 행운아가 있는 반면, 취미 또는 특기와 상관없는 분야에서 고달프게 일하는 사람도 있으니까요.

그러나 분명한 것은 소속감을 가지고 최선을 다할 때 손에 무언가를 쥐게 된다는 사실이에요.

행복은 하늘을 나는 듯한 자유를 찾는 거예요.

도전하면서, 실패하면서, 다시 일어나 성취하면서 나만의 뿌듯한 자유를 찾게 되죠.

스스로 노력해서 나다운 자유를 찾았을 때 그 성취감, 만족감, 행복감은 말로 표현할 수가 없죠.

'가장 높이 나는 새가 가장 멀리 본다'는, 리처드 버크의《갈매기의 꿈》에 나오는 말처럼 아무리 힘들어도 희망과 확신을 가지고 도전하며 살아야 해요.

어떤 위험 속에서도 멈추지 말아야 해요.

시간은 흘러가는 것이고 시간이 흐르면 눈물과 고통은 떠나가게 되어 있어요.

현재의 고통은 시간의 그림자일 뿐이에요.

'견디면 이긴다'라는 말을 믿으세요.

첫 번째 기회는 몰라서 놓치는 거예요.

놓쳤다는 것을 깨달은 사람은 두 번째 찾아온 기회를 절대로 놓치지 않죠.

기회를 성공으로 만드는 사람은 물방울이 바위를 뚫는 거라 생각하면 돼요.

그 주인이 되는 것도 나의 선택에 달려 있죠.

운명은 스스로 만드는 거예요.

확고한 신념, 자신감, 두려움을 이겨내는 용기, 행동하는 실천력이 운명을 바꾸죠.

운명은 도전하는 사람에게는 약하고 망설이는 사람에게는 강하니까요.

랜터 윌슨 스미스

큰 슬픔이 거센 강물처럼

네 삶에 밀려와

마음의 평화를 산산조각 내고

가장 소중한 것들을 네 눈에서 영원히 앗아갈 때면

네 가슴에 대고 말하라

'이 또한 지나가리라'

끝없는 힘든 일들이

네 감사의 노래를 멈추게 하고

기도하기에도 너무 지칠 때면

이 진실의 말로 하여금

네 마음에서 슬픔을 사라지게 하고
힘겨운 하루의 무거운 짐을 벗어나게 하라
'이 또한 지나가리라'

행운이 너에게 미소 짓고
하루하루가 환희와 기쁨으로 가득 차
근심 걱정 없는 날들이 스쳐갈 때면
세속의 기쁨에 젖어 안식하지 않도록
이 말을 깊이 생각하고 가슴에 품어라
'이 또한 지나가리라'

너의 진실한 노력이 명예와 영광,
그리고 지상의 모든 귀한 것들을
네게 가져와 웃음을 선사할 때면
인생에서 가장 오래 지속된 일도, 가장 웅대한 일도
지상에서 잠깐 스쳐가는 한순간에 불과함을 기억하라
'이 또한 지나가리라'

랜터 윌슨 스미스[1856-1939]의 시 '이 또한 지나가리라'는 힘과 용기를 주는 동시에 겸손을 가르쳐주죠.

'이 또한 지나가리라.'

이 말은 기원전 1000여 년경에 살았던 이스라엘의 2대 왕 다윗 이야기에서 비롯되었죠.

어느 날 왕 다윗은 궁중 세공인에게 명했어요.

"나를 위한 아름다운 반지를 하나 만들도록 하라. 반지에는 내가 큰 승리를 거두어 기쁨을 억제하지 못할 때, 그것을 차분하게 다스릴 수 있는 글귀가 새겨져야 한다. 또한 내가 큰 절망에 빠졌을 때 용기를 줄 수 있는 내용이어야 한다."

근심과 두려움에 휩싸인 궁중 세공인은 결국 지혜로운 솔로몬 왕자를 찾아가 부탁하죠.

솔로몬은 이렇게 말해요.

"반지에 '이 또한 지나가리라'를 넣어라. 승리에 도취한 순간에도 이 글을 보면 왕께서는 자만심을 가라앉히실 수 있을 것이다. 또한 절망 중에도 이 글을 본다면 왕께서는 큰 용기를 얻게 될 것이다."

세월이 흐르고 흘러 미국의 여류시인 스미스가 솔로몬의 이 글귀를 가지고 시를 지었죠.

헤세는 말했어요.

"인생이라는 것은 말로도 갈 수 있고, 차로도 갈 수 있고, 둘이서 갈 수도 있고, 셋이서 갈 수도 있다! 그러나 마지막 한 걸음은 혼자 가야 한다."

살다 보면 수많은 장애에 가로막히거나 단단했던 삶이 금이 가고 쿵, 하고 무너지는 소리를 낼 때가 있어요.

될 거라 믿었던 시험에 떨어졌을 때, 사랑하는 사람이 죽었을 때, 큰 병에 걸렸을 때와 마주하면 그제야 민낯으로 삶을 돌아보게 되죠.

최악의 상황이 오면 그 무엇으로도 치유가 안 되죠.

음악도, 책도, 음식도, 친구도 큰 도움이 되지 않죠.

'지나가기까지' 얼마나 걸릴지 알 수 없어도, 또 얼마나 가야 이제 다 지났다고 말하게 될지 알 수 없어도 스스로 이겨내는 방법밖에 없어요.

절박한 순간을 헤쳐 나아가야 삶의 깊이가 생기고 향기도 그윽해지니까요.

숱한 고통이 밀려와 불면의 밤을 지새울 때가 많고, 풍랑과 함께 쓰나미가 덮쳐 삶을 송두리째 삼키려 할 때도 있죠.

잘 견뎌서 이겨내고 나면 그제야 깨닫죠.

'그때 이렇게 했으면 충분히 어려움을 이겨낼 수 있었을 텐데' 하며 늦은 가정법을 사용하게 되죠.

다만, 그때는 욕망이 이성을 지배했기에 아무것도 보이지 않는 거죠.

만약 지금처럼 이성이 욕망을 지배했다면 더 나은 행동을 했겠죠.

사람은 누구나 완전하지 않기에 늘 행동하고 나서야 후회와 미련을 갖게 되죠.

인간이 흔히 범하는 실수는 현재가 영원할 거라고 착각하는 거예요.

원하는 것을 가졌을 때 그런 생각을 많이 하죠.

그러나 결과를 돌아보면 그렇지 않아요.

그럼에도 그 한가운데 서게 되면 그것을 잊고는 "나는 절대 그렇게 되지 않을 거야"를 외치며 자만을 넘어 오만을 범하는 경우가 있어요.

'이 또한 지나가리라'라는 '덧없음'을 말하면서 오늘에 충실하라고 요구하듯 푸시킨의 시 '삶이 그대를 속일지라도' 역시 절망·고통·이별 등을 만나더라도 인생의 한 조각으로 겸허히 받아들이라고 말합니다.

두 개의 시 모두 그렇게 하지 않으면 삶의 균형을 잃게 된다는 무서운 경고를 해요.

결국 인생의 '좋고 나쁜' 모든 일이 삶의 한 조각이라 여기며

겸손히 살라고 충고하죠.

최악의 고통이 찾아와 머물 때에는 자신을 토닥이며 이렇게 되뇌어보세요.

'지나간다. 지금 지나가고 있다. 한 발짝, 두 발짝 멀어지고 있다. 그리고 지금 내 옆에 있는 그 빈자리를 웃음이 채운다. 덕분에 이렇게 또 나는 다시 웃고 있다.'

절박한 순간을 맞게 되면 당장은 힘없이 추락하는 자신이 보일지 몰라도 견뎌 이겨내고 나면 우뚝 성장한 자신을 만나게 되죠.

한편, 무엇을 하든 시작이 있으면 끝이 있게 마련이죠.

이 세상에 영원한 것은 없어요.

꽃도 나무도 새도 언젠가는 사라지죠.

돈도 권력도 명예도 반드시 끝이 있어요.

인생은 동전의 양면처럼 빛과 어둠이 똑같이 공존하고요.

오늘 웃었다면 머지않아 우는 날이 찾아오죠.

오늘 울었다면 곧 웃음이 찾아온다는 거예요.

과욕이 화를 부르죠.

분수에 맞게 살아가면 대단하지 않아도 행복하게 살아갈 수 있어요.

승자는 시간을 관리하며 살고 패자는 시간에 끌려 산다고 했는데, 덧없이 지나가는 세월 앞에서는 모두가 패자일 뿐이에요.

잘살고 못살고를 떠나 빛의 속도로 지나가는 세월을 이겨낼 사람은 아무도 없으니까요.

지나고 나서야 후회하고 회한에 빠지죠.

법정 스님은 말했어요.

아무것에도 집착하지 않고 욕심에서 벗어날 때 비로소 온 세상을 가지게 된다고!

그것을 무소유라고 한다면, 선택을 잘해서 잘 버리는 것도 무소유의 마음일 듯해요.

나
의
방
랑

장 니콜라 아르튀르 랭보

나는 쏘다녔지, 터진 주머니에 두 손을 찔러 넣고
내 외투는 닳아빠져 관념이나 다름없었지
창궁 아래 걷는 나는, 뮤즈여, 그대의 충복이었네
오, 랄라, 나는 눈부신 사랑을 꿈꾸었노라!

내 단벌 바지엔 커다란 구멍이 나고
나, 꿈꾸는 엄지동자, 걸음마다 각운(脚韻)을 떨어뜨렸지
내 여인숙은 큰곰자리
하늘에선 내 별들이 다정하게 살랑거렸네

나는 길가에 앉아 별들이 속삭이는 소리에 귀 기울였지
멋진 9월의 저녁나절, 이슬 방울들을
기운을 북돋우는 술인 양 이마에 느끼면서

환상의 그림자들 가운데서 운(韻)을 맞추며
나는 한쪽 발을 가슴까지 들어 올려
해진 구두의 끈을
리라 타듯 잡아당겼지

이 또한 지나가리라

'상처 없는 영혼이 어디 있으랴?', '말도 않고 생각도 않으리,
나는 가리라, 보헤미안처럼……' 등 유명한 문구를 남긴 프랑
스 천재시인 장 니콜라 아르튀르 랭보[1854-1891].

그의 37년 삶은 바람처럼 한곳에 머물기를 거부하는 떠돌이
인생이었죠.

동성 연인 폴 베를렌이 붙여준 '바람구두를 신은 사나이'라는
별명은 죽고 난 후 그의 상징어가 되었어요.

15세 때 처녀작 '고아들의 새해 선물'을 발표했고 그 무렵 자
신보다 열 살 많은 시인 베를렌을 흠모했죠.

랭보가 17세 때 두 사람은 연인으로 발전했지만 두 예술가의
사랑은 그리 길지 않았어요.

2년 뒤 술에 취한 연인 베를렌의 권총에 부상을 입은 랭보는
파리를 떠나버려요.

고향으로 돌아온 그는 '지옥에서 보낸 한철'을 끝으로 절필했
어요.

19세까지 4년간 100편에 가까운 시를 쏟아낸 뒤 시인으로서

의 삶을 마감하죠.

그 별명대로 랭보는 시작은 멈췄지만 죽을 때까지 방랑은 멈추지 않았어요.

그는 "'나'란 하나의 타자他者다"라고 말했죠.

나 혼자로는 온전한 내가 존재할 수 없다는 말이에요.

내 의지대로 살아가는 것이 몇이나 될까요?

과연 100퍼센트 만족하며 사는 사람이 있을까요?

시에서처럼 어떤 인생이든 결핍 속에서 방랑하며 살아가죠.

무엇에 등 떠밀려 살아가는 것이 보통 사람들의 삶이니까요.

누구나 돈의 가지, 사랑의 가지, 욕망의 가지를 부러뜨리며 환희하다가 때로는 부러지지 않은 가지를 바라보며 고통스러워하는 거예요.

미친 듯, 죽은 듯 방랑하며 흔들리다가 멈추다가, 그들이 희미해질 무렵 마지막 한 걸음마저 멈추어지는 것!

그것이 인생이겠죠.

누군가 이런 말을 했어요.

행복의 끝은 악마지만 고통의 끝은 천사라고요.

"상처받지 않은 영혼은 없습니다."

인생이라는 것은 도전을 많이 할수록 더 많이 상처를 받지만 상처가 많은 만큼 기쁨도 많다는 사실, 기억해요.

이 또한 지나가리라

안
개
속
에
서

혜르만 헤세

기이하여라, 안개 속을 거니는 것은!
모든 나무, 덤불과 돌이 외롭다
어떤 나무도 다른 나무를 보지 못한다
누구든 혼자이다
나의 삶이 아직 환했을 때
내게 세상은 친구들로 가득했다
이제, 안개가 내려
더는 아무도 보이지 않는다
어둠을, 떨칠 수 없게 조용히
모든 것으로부터 그를 갈라놓는
어둠을 모르는 자
정녕 그 누구도 현명치 않다
기이하여라, 안개 속을 거니는 것은!
삶은 외로운 것
어떤 사람도 다른 사람을 알지 못한다
누구든 혼자이다

헤르만 헤세의 시는 고요하고 평온하기가 마치 깊은 바다와 같아요.

시 '안개 속에서'는 안개 덮인 길을 걷고 있는 사람의 외롭고 쓸쓸한 마음을 노래하고 있는데요.

이 시를 읽으면 어느새 불안하고 어지럽던 마음에 평화가 찾아오죠.

시에서 '기이하여라. 안개 속을 거니는 것은! 모든 나무, 덤불과 돌이 외롭다 어떤 나무도 다른 나무를 보지 못한다 누구든 혼자이다'는 투명하지 않은 인생을 생각하게 만들죠.

인생이 투명하다면 누구든 불안에 휩싸여서 하루도 살지 못하거나 희망에 넘쳐서 가슴이 터져버릴지도 모르죠.

내 앞에 다가오는 삶이 한눈에 보인다면 두렵지 않을 수 없을 거예요.

차라리 인생이 안개처럼 앞이 보이지 않아 다행인지도 몰라요.

흐려져 있어 앞에 무엇이 있는지 알지 못하기에 때로는 모험을 하면서도 당당히 안개 속을 헤쳐 나아가니까요.

미지의 세계를 개척하는 것이 인생이고 그런 인생이 경이로운 거죠.

인생이 순탄한 사람에게는 장밋빛으로 보일 수도 있어요.

그렇지 않은 사람에게는 그리스 신화에 나오는 '시지프스의 노역'이라는 생각을 하게 되죠.

제우스의 노여움을 사서 거대한 바위를 산꼭대기에 올려놓는 형벌을 받는 시지프스!

올려놓으면 다시 굴러떨어져 똑같은 일을 반복해야 하는 그는 우리 인생을 대변하는지도 몰라요.

그래요, 산다는 것은 안개처럼 흐릿하죠.

하지만 그 속에는 희망, 사랑, 기쁨, 슬픔, 괴로움 등 모든 게 다 있어요.

석가가 말했죠, '천상천하 유아독존'이라고!

결국 자신을 대체할 다른 자신은 없다는 사실이에요.

모든 판단과 결정의 주체는 자신이니까요.

어차피 안개 속처럼 흐릿한 게 삶의 실체라면 한 번쯤 안개의 힘을 물리치고 빛이 존재하는 곳을 향해 큰 걸음으로 성큼성큼 가보는 것은 어떨까요?

사랑하는 사람, 친구, 희망, 멋진 일이 있는 세상으로 뚜벅뚜벅 나아가는 것은 어떨까요?

헤르만 헤세

모든 꽃이 시들듯이
청춘이 나이에 굴복하듯이
생의 모든 과정과 지혜와 깨달음도
그때그때 피었다 지는 꽃처럼
영원하진 않으리

삶이 부르는 소리를 들을 때마다 마음은
슬퍼하지 않고 새로운 문으로 걸어갈 수 있도록
이별과 재출발의 각오를 해야만 한다
무릇 모든 시작에는
신비한 힘이 깃들어 있어
그것이 우리를 지키고 살아가는 데 도움을 준다

우리는 공간들을 하나씩 지나가야 한다
어느 장소에서도 고향에서와 같은 집착을 가져선 안 된다
우주의 정신은 우리를 붙잡아 두거나 구속하지 않고
우리를 한 단계씩 높이며 넓히려 한다
여행을 떠날 각오가 되어 있는 자만이
자기를 묶고 있는 속박에서 벗어나리라

그러면 임종의 순간에도 여전히 새로운 공간을 향해
즐겁게 출발하리라
우리를 부르는 생의 외침은 결코
그치는 일이 없으리라
그러면 좋아, 마음이여
작별을 고하고 건강하여라

아우구스티누스가 말했죠.

"세상은 한 권의 책이고, 여행하지 않는 사람은 그 책의 한 페이지만 읽는다"라고.

한 페이지만 읽어서는 책 전체의 내용이 무엇인지 알 수 없듯, 인생도 마찬가지예요.

따사로운 봄도 만나고 혹독한 겨울도 이겨내야죠.

'생의 계단'의 시구 '모든 시작에는 신비한 힘이 깃들어 있어'는 마음을 휘저어놓는데요.

무엇이든 시작을 하고 차근차근 한 계단씩 밟아 올라가면 힘들 때 누군가의 도움을 받을 수 있어요.

시작하지도 않고 힘들다거나 또 시작하고서 중간에 포기하면 의미 없이 시간만 보내는 것이죠.

인생에서 계단은 무엇일까요?

계단은 사람이 오가는 길, 즉 통로예요.

통로의 기능은 소통이고요.

또 계단은 꿈이며 욕망이죠.

이 또한 지나가리라

무거운 짐 지고 계단을 올라간 사람은 알죠, 얼마나 힘든지를.

결국 계단은 삶이에요.

삶의 무게가 지독히 무거운 사람이 있는가 하면 가벼운 사람도 있죠.

인복이 있는 사람이라고 말하는데요.

그런 사람은 1퍼센트에 불과해요.

대부분은 삶의 무게가 비슷하죠.

나는 지금 생의 계단 어디쯤을 밟아 가고 있나요?

스스로에게 자문하며 호흡을 가다듬어도 좋을 듯해요.

계단에서는 맘대로 쉽게 뛸 수가 없죠.

굴러떨어질 수가 있으니까요.

생의 계단도 마찬가지죠.

올라갈 때도 내려갈 때도 조심해야 해요.

가장 중요한 것은 무슨 일이든 시작하기만 하면 끝이 있고 아무리 힘들어도 다 지나간다는 사실이죠.

반드시 시작을 해야 마법의 힘이 나를 지켜준다는 거예요.

주저하지 말고 용기를 내어 도전해야죠, 마법의 힘을 가진 마술사를 만나려면.

김남조

사랑한 일만 빼곤
나머지 모든 일이 내 잘못이라고
진작에 고백했으니
이대로 판결해다오

그 사랑 나를 떠났으니
사랑에게도 분명 잘못하였음이라고
준열히 판결해다오

겨우내 돌 위에서
울음 울 것
세 번째 이와 같이 판결해다오
눈물 먹고 잿빛 이끼
청청히 자라거든
내 피도 젊어져
새봄에 다시 참회하리라

이 또한 지나가리라

김남조[1927-] 시인의 '참회'는 떠난 사랑에 대한 아픔을 노래했는데요.

이별 후의 내 잘못에 대한 참회뿐 아니라 상대방에 대한 잘못도 매우 엄하게 판결해달라고 했어요.

어떤 사랑이든 이별의 책임은 모두에게 있어요.

생텍쥐페리가 쓴 '나탈리 팔레에게 보낸 편지'에 보면 이런 말이 있어요.

'당연히 나는 당신을 아프게 하겠지, 당연히 당신도 나를 아프게 할 테고.'

사랑은 동전의 양면처럼 기쁨과 슬픔을 모두 가졌기에 아무리 좋은 사람이라도 한 번은 서로를 아프게 하죠.

내가 그를 아프게 했다면 언젠가는 그도 나를 아프게 한다는 거예요.

어떤 사랑이든 시작은 설렘과 환희와 축복으로 이어지지만, 마지막은 김남조 시인의 '참회'에서처럼 아픈 참회이거나 혹독한 원망에 이르죠.

물론 사랑도 경험이에요.

경험 후에는 반드시 깨달음이 있고 학습효과가 있어요.

사랑의 책임을 내 탓으로 돌리면 참회가 되고, 남 탓으로 돌리면 원망이 되는 거죠.

그러나 진정한 참회 후에는 이전보다 더 열린 마음으로 새로운 연인에게 배려도 하고 희생도 하죠.

내가 소중한 만큼 남도 소중하다는 것을 인정하며 새로운 연인에게 다가가죠.

진정한 참회 후에는 이전보다 덜 계산하고 더 배려하는 마음으로 사랑을 하죠.

사랑에서 진정한 참회는 깊은 깨달음과 함께 영혼의 성숙을 안겨준다는 거예요.

나는 세상 모르고 살았노라

김소월

'가고 오지 못한다'는 말을
철없던 내 귀로 들었노라.
만수산(萬壽山) 올라서서
옛날에 갈라선 그 내 님도
오늘날 뵈올 수 있었으면,

나는 세상 모르고 살았노라.
고락(苦樂)에 겨운 입술로는
같은 말도 조금 더 영리하게
말하게도 지금은 되었건만,
오히려 세상 모르고 살았으면!

'돌아서면 무심타'는 말이
그 무슨 뜻인 줄을 알았으랴.
제석산(啼昔山) 붙는 불은 옛날에 갈라선 그 내 님의
무덤엣 풀이라도 태웠으면!

김소월은 '나는 세상 모르고 살았노라'에서 조금 더 영악하게 행동하면 세상 살기가 훨씬 편해진다고 했죠.

그는 비사교적이고 비사회적인 성격 탓에 친구나 문우를 거의 사귀지 못했다 전해지고 있어요.

아마도 가정환경과 내성적 성격 탓에 문학을 선택했는지도 모르지만!

김소월은 '돌아서면 무심타'라고 했는데요.

무엇이든 떠나가면 세상인심은 무심하게 되죠.

사랑이든, 일이든, 명예이든, 권력이든 끝이 있으니까요.

그게 세상사이니까요.

지식은 학교에서 배우지만 지혜는 학교에서 배울 수가 없어요.

경험을 통해만 배울 수 있죠.

김소월은 이 시에서 '뵈올 수 있었으면'이라고 표현했어요.

영원히 훼손되지 않을 고결한 사랑과 지독하고도 애절한 그리움을 담았어요.

죽도록 사랑한 사람의 때 이른 죽음으로 어쩔 수 없이 사랑을

놓아야 할 때 내려놓지 못한 채 그리워하고 아쉬워하고 후회
하는 그 애틋한 마음은 하늘이 내리는 슬픈 보상 같기도 하죠.
생텍쥐페리도《어린 왕자》를 통해 인생에서 가장 어려운 것
은 인간관계이고 특히 사람의 마음을 얻는 일이라고 했어요.
몸은 돈으로 살 수 있지만 마음은 돈으로 살 수 없으니까요.
일을 하든 사랑을 하든, 인간관계가 전제되어야 해요.
탁월한 사교성을 가진 사람이 인간관계도 좋지요.
오래전 무인도에서 혼자 살던 때에는 세상 모르고 살아도 편
할지 모르지만 눈만 뜨면 부딪치는 게 사람인 현대인에게는
관계의 친밀성이 반드시 필요하니까요.
때로는 그것으로 성공한 인생, 실패한 인생을 단정 짓기도 하
니까요.
그만큼 이 시는 처절할 만큼 고독하게 살고 있는가를 되짚어
보게 만드는 작품이죠.

헨리 에머슨 포스딕

나뭇잎에게 물어보라.

"당신은 혼자서 살 수 있나요?"

그러면 나뭇잎은 이렇게 대답할 것이다.

"아니오, 나의 삶은 가지에 달려 있습니다."

가지에게 그렇게 물어보라.

그러면 가지는 이렇게 대답할 것이다.

"아니오, 나의 삶은 뿌리에 달려 있습니다."

뿌리에게 그렇게 물어보라.

그러면 대답할 것이다.

"아니오, 나의 삶은 기둥줄기, 가지들, 그리고 나뭇잎들에 달려 있습니다.

가지들로부터 나뭇잎들을 제거해버린다면 나는 죽게 될 것입니다."

사람도 마찬가지다.

사람은 누구나 혼자서는 살 수 없다.

헨리 에머슨 포스딕의 시 '나뭇잎에게 물어보라'는 홀로 살수 없는 인간의 삶을 나무에 비유하여 노래한 작품이죠.

"당신은 혼자서 살 수 있나요?"

"아니오, 나의 삶은 가지에 달려 있습니다."

나뭇잎은 가지에, 가지는 뿌리에, 뿌리는 기둥줄기와 가지와 나뭇잎에 의존하며 살고 있어요.

그중 하나가 죽으면 언젠가는 몽땅 서서히 죽게 되겠죠.

한자로 사람을 '人'으로 표시하죠.

잘 살펴보면 사람이 사람에게 기대어 있어요.

사람은 사회적 동물이라 혼자서는 살 수 없어요.

우리는 태어나면서부터 부모, 형제에게 기대고 자라 친구, 동료 등 사람과의 관계 속에서 성장하죠.

사람으로 태어난 것은 더불어 산다는 거예요.

한 사람의 일생을 평가하는 데는 여러 기준이 있어요.

세속적 가치에서 무엇을 얼마나 이루었느냐도 중요하지만, 어떻게 이루었느냐에 따라 가치가 달라지죠.

원하는 것을 꼭 얻기 위해서는 세상이라는 정글로 들어가 경쟁해야죠.

나와 너, 그리고 우리라는 인간관계를 외면하지 않고 어떻게 얼마나 함께 호흡하며 견뎌 이겨냈느냐에 따라 결과도 달라지니까요.

진정한 소통은 보이는 것과 느껴지는 것 전부를 인정하며 따뜻하게 마음의 교류를 하는 거예요.

심장과 심장이 정확히 닿아 교류할 때 감동이라는 선물이 공유되죠.

잘 살아왔다고 말하는 기준은 가장 힘들 때 기댈 사람이 여러 명 있다는 거예요.

멋진 나무를 보며 감탄을 하듯 인생도 마찬가지죠.

혼자 있을 때나 모두와 있을 때나 늘 빛이 나는 존재로 만들어가야 멋진 인생이라 할 수 있어요.

이제는 방황하지 않으리

이제는 방황하지 않으리
이렇게 밤 깊도록
우리 다시는 방황하지 않으리
마음은 아직 사랑에 불타고
달빛은 아직 빛나고 있지만

칼날은 칼집을 닳게 하고
영혼은 가슴을 닳게 하는 것이니
마음에도 숨 돌리기 위해 멈춤이 있어야 하고
사랑에도 휴식이 있어야 하리

밤은 사랑을 위해 만들어진 것
그 밤 너무 빨리 샌다 해도
우리 다시는 방황하지 않으리
달빛을 받으며

'조각 같은 외모'로 여성들의 사랑을 한 몸에 받았던 영국의 시인 바이런1782-1824.

천재이자 미남이던 귀족 태생 바이런은 자유분방하게 쾌락을 추구하며 살아서 귀족들과 사교계의 지탄을 받기도 했죠.

그의 시 '이제는 방황하지 않으리'는 자유로운 영혼임을 증명하기라도 하듯 당시 유럽 사회의 부조리와 위선 앞에서 풍자적으로 노래했죠.

그는 밤 아래서 사랑과 휴식에 대해 노래했어요.

아무리 빨리 밤이 지나간다 하더라도 다시는 방황하지 않을 만큼 진실한 사랑을 하리라 다짐하죠.

게다가 사랑에도 휴식이 필요함을 강조하고 있어요.

칼날이 칼집을 닳게 하고 영혼도 가슴을 닳게 하니, 사랑도 닳지 않게 조심조심히 하라고 말하죠.

"어느 날 아침에 눈을 뜨니 유명해졌다"라는 유명한 말을 남긴 바이런.

불꽃처럼 살다가 36세에 요절한 그는 밤이 사랑을 위해 만들어졌지만 너무 낭비하지는 말라고 충고하죠.

무절제한 여성 편력과 방탕한 생활로 지탄받았던 그는 삶의 마지막을 그리스 독립전쟁에 쏟아붓죠.

바이런은 자유분방한 사랑 못지않게 자유와 정의에 대한 찬미와 열정 또한 넘쳤어요.

그리스는 그에게 제2의 조국이자 자유정신의 이상향이었으니까요.

그렇게 그는 그리스의 자유를 갈구하며 그리스 전쟁터에서 명예롭게 생을 마감하죠.

우리는 무엇인가를 잃어버리기 전까지 그것의 소중함을 깨닫지 못해요.

또 무엇을 얻기 전까지는 그것이 우리에게 얼마나 필요했던 것인지 알지 못하죠.

지금 내게 있는 소중한 것들이 어느 날 사라져버린다고 생각해보세요.

있을 때 내 소중한 것들을 잘 지켜야겠죠.

그러려면 내일을 기다리는 '패자'가 되지 말고 오늘을 사는 '승자'가 되어야죠.

내 인생을 바꿀 수 있는 말은 '오늘'이니까요.

난
그대를
만날 때보다

그대를
생각할 때가
더욱
행복합니다

초판 1쇄 인쇄 2017년 5월 10일
초판 1쇄 발행 2017년 5월 17일

지은이 | 김정한
펴낸이 | 박찬욱
펴낸곳 | 오렌지연필
주　　소 | 경기도 고양시 덕양구 화정로 27, 609-1003
전　화 | 070-8700-8767
팩　스 | 031-814-8769
이메일 | orangepencilbook@naver.com
편　집 | 미토스
디자인 | 디자인 [연:우]

ISBN 979-11-958553-1-5 (03800)